U0042071

張曼娟讀

芥川龍之介

原著——芥川龍之介

編譯／導讀——張曼娟

Akutagawa Ryūnosuke

目次

Akutagawa Ryūnosuke

誠徵閱讀夥伴

【張曼娟的課外讀物——總序】

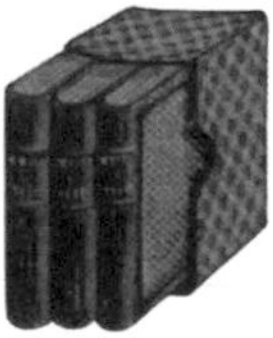

我的童年沒有安親班和夏令營，總覺得每年暑假都很悠長。在蟬鳴聲中醒來，寫完了暑假作業，為紙娃娃設計繪製兩件漂亮的衣服之後，便將家裡那寥寥可數的課外書再讀一遍，其實已經讀過了幾十遍。因為家庭環境並不寬裕，「閒雜書」不是父母計畫以內的支出，那幾本故事書是某個阿姨、叔叔的餽贈，書皮已經破損了，書頁都快散落了，卻仍很寶貴。我一邊閱讀著，一邊等待家住對面的同伴，帶著他們新買的書過來找我。我們會趴在冰涼的磨石子地板上，共享閱讀的美好時光。

念小學的時候，學校並沒有圖書館，卻有許多書箱子，每個星期，會有一個將課外書裝得滿滿的木箱子，送進教室，我們一擁而上，挑選自己喜歡的書，如飢似渴的閱讀，廢寢忘食。因為不可能一人擁有一本書，於是，兩、三位同學會坐在一起，共讀一本書，翻書的同學自有一種節奏，時間掌握得很好。當她翻到新的一頁，我能感覺到心臟卜卜的跳動著，彷彿新的世界在我眼前升起。

讀到恐怖故事時，忍不住擠在一起；讀到有趣的情節，笑得前俯後仰；讀到悲傷的畫面，聽見彼此吸鼻子的哭泣聲音。如果我不是其中的一個孩子，如果我站在不遠處觀看這個情景，應該是一幅令人怦然心動的圖畫吧。

升上國中以後，除了教科書和參考書，其他的書都是雜書，因為「聯考」大敵壓境，全力以赴都不見得能應付，不該浪費時間在「沒有用」的事物上。因此，我常看見同學因為在課堂上偷偷讀課外書被體罰；因為夾帶課外書來學校而被沒收。

其實，青少年對世界和自我的龐大探索正要展開，他們需要各式各樣的閱讀，去拼湊未來人生所需要的一切圖像、聲音與感受；去慢慢形塑一個完整的自己，並建立起與外界溝通和連結的能力。

許多年後，當我成為教師，成為作家，成為推動閱讀者，不斷有家長向我詢問：「該如何為孩子挑選課外讀物？」；「可以推薦課外讀物給我的孩子嗎？」；「世界名著會不會艱澀難懂？」；「孩子該從哪些書開始入門？」這些詢問匯聚而成的聲音是：「讓我的孩子閱讀好看的課外讀物吧。」

於是，在2021年夏天，與麥田出版社合作，我為青少年重新編選了【張曼娟的課外讀物】這套書，精選出美國作家奧．亨利、俄國作家契訶夫、日本作家芥川龍之介、英國作家王爾德共四位世界名家，都是我自己衷心喜愛的。從他們的作品中，選出精采可讀，人物刻劃生動，並帶有啟發性的故事。雖然，四位名家都不是現代人，他們的創作卻具有現代性，甚至是未來性，讀來常有悸動之處，令人低迴不已。

青少年翻閱這套書時，我希望他們能感到世界以暗沉或明亮；直率或詩意；纏繞糾結或是豁然開朗，展現出真實樣貌，當他們伸出心靈之手去觸摸，能感受到溫柔的脈動。

至於我扮演的角色，不只是選書和推薦人，更是和孩子們一起共讀的那個人，輕輕為他們翻開書，在期待中翻到下一頁。因此每本書都有作者介紹、導讀，每一篇都附上「曼娟私語」和「想一想，得到更多」，讓他們感覺到閱讀是有人陪伴的。

看哪，激勵著疫病女孩的最後一片葉子，暗夜風雪中會不會凋落呢？一個社交名媛失去了華服與妝飾，還能享受眾星拱月的虛榮嗎？茂密竹林中發生了命案，誰才是真正的受害者？為了幫助快樂王子解救人民而犧牲的小燕子，僵臥在寒冷中，牠會不會後悔？

故事就要開始了，我們都就定位了，一起來讀一本書吧。作為家長的您，是否也願意坐在孩子的另一邊，當孩子拿起他喜歡的課外讀物時，成為他的閱讀夥伴？

昇華與陷落

Akutagawa Ryūnosuke

他不但被失眠侵襲，體力也開始衰弱了。

幾個醫生給他的病下了各種診斷——胃酸過多、神經衰弱、慢性結膜炎、腦疲勞……但他知道自己的病源。

那是一種內疚和懼怕他們的心情。懼怕他們——他所輕蔑的社會。

（節選自《傻子的一生・病》）

芥川龍之介一生為多種疾病所苦，除了身體上的病痛，童年時期的心理陰影也如影隨形。對他來說，似乎只有沉浸在文字之海，才能確保自己並沒有迷失。

芥川龍之介（1892 - 1927），原名新原龍之助，出生於日本東京。父親新原敏三是以經營牛奶店維生的平民，母親芥川富久則是曾服侍過德川家的舊士族後代。在芥川未滿一歲時，母親的精神疾病突然發作，年幼的他不得不離開原生家庭，過繼給舅舅芥川道章為養子，也因此改從母姓。

芥川得知母親最後因發瘋而去世後，對於自己是否有遺傳病史感到恐懼。自此罹病的陰影如夢魘般跟隨他，並影響著他的文字和身心狀態。

生活在富有文人風氣的士族家庭，芥川自幼接觸到大量的文學與戲劇作品，奠定了他日後創作的基礎。從小到大的求學路上，芥川都和文字脫不了關係。小學時，他便涉略《西遊記》、《水滸傳》、江戶文學等中日古典文學，並和同學以自寫自編的方式發行手抄雜誌；初、高中時期，他開始大量閱讀歐美文學作品，例如：波特萊爾、易卜生等人的著作；直至大學，他將先前的閱讀經驗化作文字，在當時的雜誌上發表〈羅生門〉、〈鼻子〉和〈芋粥〉等文章。芥川受到恩師夏目漱石的啟發與提攜，開啟了他的寫作之路，作品逐漸獲得文壇矚目。

經歷第一次世界大戰後，日本出現政治和經濟改革的新思潮，動盪的社會氛圍反映在作家的作品中。有別於當時文壇崇尚的自然主義，芥川龍之介著重描寫人物心理、把握現實的短篇小說，開創了新的文風。他時常借中國和古日本民間傳說作為故事背景，以哀傷、幽微的筆調，刻劃社會底層生活的不堪，並賦予歷史人物新的見解。

例如：藉河童之口批判與嘲諷人類社會的〈河童〉、描寫畫師為求藝術成就而犧牲生命的〈地獄變〉、落入地獄的強盜因為一念之差最終萬劫不復的〈蜘蛛之絲〉。

然而，當身體接二連三出現胃病、失眠等症狀時，沉浮於文字之海，芥川看見的除了是當年母親精神病發作的面容，同時也看到了精神衰弱且即將步入相同結局的自己。飽受疾病摧殘，芥川的文字變得更加陰鬱，多著墨於死亡相關的題材，並在類自傳作品《傻子的一生》中，道出晚期逐漸耗弱的思想狀態。直到三十五歲那年，芥川吞下大量安眠藥，離開充滿病痛的身軀，靈魂從此不再躁動，得以安穩沉睡……

他的猝然離世，給了當時文壇重重一擊。

為了紀念芥川龍之介及其作品，作家好友菊池寬設立了與大眾文學獎「直木賞」齊名的「芥川賞」，以此獎勵新進的純文學作家。

時至1950年，知名導演黑澤明將其作品〈竹林中〉一文翻拍成電影，並借用〈羅生門〉的題目作為片名。《羅生門》電影撲朔迷離的故事情節在當時引起轟動，並獲得許多國際電影節大獎。

爾後，因為電影的緣故，「羅生門」一詞便成為形容雙方對事情說法不一的代名詞。如果芥川龍之介重生，又該如何闡述他短暫坎坷，被病苦糾纏的一生？

曼娟導讀

永恆的月影

自從有了照相技術之後，我們閱讀一位作家的作品，同時也就會想要看見這位作家的身影容貌。我看過許多作家的相片，不管是木訥的僵立著，或是刻意的擺出非凡的氣勢，對我而言，都只是浮光掠影。

芥川龍之介是完全不同的。他的〈河童〉、〈羅生門〉、〈地獄變〉具有這樣高的知名度與藝術評價，可是，我還沒閱讀這些小說，先同相片裡的他打了個照面，就被深深吸引住了。

他蓬鬆的髮高高豎起，一雙神經質的眼睛用力鎖住什麼，瘦削的身形掛著和服，並不是飄逸的，而是銳利，宛如一柄寶劍。這個人透過陳舊的相片，很形象化的活著，思考著，創作著。雖然，他已經是十九世紀的人，出生於1892年的芥川龍之介，一點也不顯老。當然，他確實是不會老了，1927年他吞服過量安眠藥，換取一場永恆的睡眠。比起我們大多數人，他都要年輕，僅只三十五歲。

他的母親生下他不滿一年，就發瘋住進了療養院，芥川有兩個姊姊，大姊早夭，他自己則被寄養在外婆家，宛如背負著原罪，成為一個孤獨的孩子。這孤獨的底子就像是月影那樣的，時而盈滿，時而隱藏，卻永不消失。十一歲那年，他的母親在療養院中死去，舅舅正式收養了他，使他擁有了芥川這個姓氏。芥川家族世代為德川家茶道師傅，使得這個養子同時也擁有著寬裕而優雅的生活，這一切，幸運與不幸，都陶冶著他，成為日本大正文壇上的一顆明星。

同時期的日本作家菊池寬如此評論過芥川龍之介：「像他那樣高深的教養，優秀的趣味，以及兼備和漢洋學問的作家，今後恐怕絕無了。」他的人望與地位這樣高，可以說是站在巔峰上的作家了，佐藤春夫說他的藝術創作「精巧而俊敏，予人以最新式的銘感。」可是，只有他自己感知得到，這巔峰並不能與瘋癲相抗衡啊。

當他的腸胃病、神經衰弱、失眠等等症狀接踵而至，他陷入了無人可以救援的恐懼與折磨。我才明白，在他雙眼中緊緊鎖著的，原來是那樣強大的癲狂的力量。

早先，芥川小說中的嚴整精密，到了後期已經漸漸鬆懈下來，只是迫不及待的書寫著，把腦海中的混亂或是靈光一閃，通通記錄下來，像是〈河童〉這一篇寓言故事，他甚至預言了自己的死亡記事。當然，也藉著河童國談到了對於社會的改革理念，像是節育、遺傳、婚姻、機械工業等等問題，皆有明確的指涉與譏諷。我最喜歡的是有個一百多歲的河童，出生時滿頭白髮，到了一百多歲，反而成了少年模樣，這樣的想像多麼幸福。

芥川結構最精細，也最為人稱道的，應該是〈竹林中〉，這各說各話的竹林謀殺案，後來被黑澤明改拍為電影，卻借用了另一篇〈羅生門〉的名字。從此，面對那種眾說紛紜，無法考證的事件，我們都說「宛如羅生門」，其實是以訛傳訛了。

竹林中妻子的貞操被奪了去，丈夫則被殺害慘死，看起來是這樣單純的公案，卻會有這麼多不同的詮釋，顛覆了我們所以為的「真相只有一個」的認知。

至於名符其實的〈羅生門〉，是芥川二十四歲的作品，取材於《今昔物語》，卻把古代的故事重新改寫，增添了當代人心的陰暗面，就像他自己說的：「掌握住古人與今人心靈的共通點，就是所謂的人性閃光。」改編古人作品而能展現創新光華，是芥川的重要特色，〈鼻子〉這一篇也是如此。

〈多謝小白〉是一隻白狗，同類被撲殺時，牠因為膽怯而逃避，竟然成為一隻黑狗，被主人拋棄。從此，牠正面迎向恐懼，往最危險的地方衝去，幫助許多人，一心求死，反而死不了。最終回復了潔白的毛色，重回主人懷抱。看似遊戲之作，也許正是芥川的心理治療，當死亡也不可怕，還有什麼可畏懼的呢？

〈橘子〉這一篇更像散文，讀著它的時候，總會想到朱自清的〈背影〉。同樣是寒冷的冬天；同樣是火車與軌道；同樣是描寫親情；同樣是色彩鮮豔的橘子，表達出無盡的愛。

重讀芥川龍之介的小說，我看見的彷彿是永恆的月影，給我們安慰，也給我們清明的啟示。

鼻子

Akutagawa Ryūnosuke

池尾這個地方的人都知道，禪智和尚有個醒目的鼻子。

究竟有多醒目呢？只要禪智和尚遠遠向你走來，你看不見其他的五官，只會看見一根細細長長的鼻子從禪智的眉目間垂下來，長過嘴唇，直抵下巴。這鼻子上下一樣粗，就像是在禪智和尚臉上立了一根木棒似的，很難讓人不多看一眼。

雖說禪智是個和尚，不應為長相這種俗事煩心，但這鼻子跟了他一輩子，他也在旁人的注視中活了一輩子，真要不去多想這件事也很困難。他最多只能裝作一副不在乎的模樣，卻很怕別人提到「鼻子」這兩個字。

禪智和尚的長鼻子為他的生活造成許多不便，比方說吃飯這件事吧，他自己根本做不來，得請個徒弟坐在他對面，拿根木棒替禪智把鼻子掀開，他才能捉緊時間把飯送進嘴巴裡。有一回，徒弟有事，請個新來的小和尚代勞，小和尚不小心打了個噴嚏，手一抖，禪智的鼻子就掉進粥裡去了，燙得他大

呼小叫。這件事傳了出去，又成了地方上的一則笑柄。

更糟的是，這個長鼻子讓禪智和尚的自尊心受到很大的傷害。地方上的人有兩種說法：厚道點的都說還好禪智是個和尚，否則這長鼻子會讓他討不到老婆；苛薄一點的則說禪智就是因為這鼻子長得怪，才遠離凡塵去出家的。禪智不想理會別人對他鼻子的議論，但他知道，出家並沒有讓鼻子帶來的困擾減少。於是，禪智決定用自己的方法，來讓受傷的自尊心得以恢復。

首先，他想盡一切辦法讓鼻子看起來稍微短一些。

他在自己的廂房裡照鏡子，從各種角度、各種姿勢去練習，想找到一個鼻子短一點的角度或姿勢。只見他一會兒左臉、一會兒右臉，一會兒縮下巴、一會兒用手托著臉頰，就是找不到一個滿意的方式。末了，乾脆去讀經文，才讓自己浮動的心稍稍平息。

再來，禪智仔仔細細地觀察別人的鼻子，他希望可以找到一個跟自己同病相憐的人。不論是在講道、在廟裡、在市集，他緊盯著別人的鼻子看；他根本看不見別人的性別、長相、穿著，彷彿天下人都只剩下一個鼻子。但是，普天之下實在難以找到第二個跟禪智和尚一樣長的鼻子啊，他常常觀察著別人，下意識地摸了摸自己垂掛著的鼻子，臉上飛起了紅暈，不像是個大和尚，倒像個自卑的少年。

最後，禪智只好從典籍裡去找跟自己一樣的人，希望能找到個好典範，讓自己心裡舒坦些。只是，佛經記錄菩薩們的言行，卻沒有特別記載佛祖們的鼻子，這讓禪智很失望；他只找到有人記載中國的劉備耳長過肩，他心想，若是劉備的鼻子能夠過肩，那該有多好……

禪智也積極地試過各式各樣的偏方，像是把老鼠屎塗在鼻頭上、喝各種藥材什麼的，但他的鼻子實在太頑強了，連一分一毫都沒有縮短，依然在禪智的臉上晃盪。

一年秋天，禪智的徒弟進京辦事，請教了一位從中國來的醫師，學到將鼻子縮短的祕方。他趕著回來跟師父說，禪智表面上裝出對鼻子毫不在意的模樣，內心可急著呢。

「我是無所謂，反正這鼻子也跟了我一輩子了。」禪智說：「就是每頓飯都得麻煩你，內心實在過意不去……」他偷偷窺看著徒弟的表情。

「師父，您如果不願意試就算了，我那一點辛苦算不了什麼。」徒弟說著，突然發現師父的臉色大變，彷彿明瞭了什麼。「但這祕方試試也無妨，好歹讓我們知道中國來的醫生是不是比較強，您說是嗎？」

「這樣嘛……」

禪智心想，還好我平日沒有白疼你。

「就試試吧，師父。」

徒弟完全明瞭禪智的心意了，他也同情師父煩惱了一輩子的遭遇，拚命勸進。

「那就……」禪智嘆了口氣，一副捨己為人的模樣：「好吧。」

師徒倆同時鬆了一口氣。

中國醫生教的方式其實很簡單，就是用熱水燙鼻子，然後讓人用腳踩。

徒弟馬上提了熱滾滾的水，進到禪智的廂房裡，他還怕師父的臉燙著了，在托盤上挖個洞，蓋在水桶上，讓禪智把鼻子穿過那個洞，浸到熱水裡。

過了一會兒，徒弟要禪智把鼻子伸出來，然後躺在地板上，徒弟把腳伸在那根紅通通、冒著熱氣的鼻子上踩，一邊踩還一邊問：「疼嗎？醫生說要用力踩耶，不好意思喔。」

禪智很想說些什麼，但自己的鼻子被人踩在腳下，感覺總是不太好，他看著徒弟的腳在眼前晃來晃去，就覺得心裡不舒坦。「那是我的鼻子啊！」他在心底吶喊。

但禪智只能說：「不疼。」

踩著踩著，鼻子上開始冒出一粒粒的小東西，那形狀像是小鳥被拔下的羽莖。

徒弟停下腳步來，仔細端詳。

「聽說是要把這些拔掉，」徒弟也不太有把握：「好像說是些脂肪球……」

禪智沒說話，就任徒弟動手。他也知道徒弟替他做這些都是好意，但自己的鼻子被人家這樣擺弄來、擺弄去，活像個實驗品，心裡更是不舒服了。

他看著徒弟笨手笨腳地，拿夾子把形狀像鳥的羽莖的脂肪球夾出來，心裡也十分疑惑：這樣真的會有效嗎？

那脂肪球一粒粒被夾起來以後，徒弟說：「再燙一回就成了。」

禪智只好再把自己的鼻子放進熱水裡，臉色愈來愈難看了。

過了好一會兒，禪智把鼻子伸了出來，難看的臉色瞬間笑了起來。他的鼻子，那長得像棒子似的鼻子，竟然真的縮短了，雖然還是比一般人長，卻不再超過嘴唇了，看起來多像個正常人啊。禪智看著鏡子裡的自己，彷若重生。鼻子上雖然還有些被踩過的紅斑，卻萎縮地縮在唇上，小巧得可愛極了。再也沒有人會嘲笑我們的鼻子了！鏡子裡禪智的臉，對著鏡子外的他眨了眨眼，滿意極了。

只是，這樣心滿意足的感覺沒有維持太久，禪智陷入了另一種情緒中——他開始擔心，鼻子會突然長回來。吃飯的時候、誦經的時候，一有空

他就去摸摸鼻子，還好鼻子安然無恙地停留在嘴唇之上。早上一醒來，他也馬上摸摸自己的鼻子，還好，依然是個短鼻子。

禪智和尚心情好極了，覺得一切都是佛祖的保祐，自己這些年來的潛心向佛，果然心中虔敬，必得善報啊。

但是，旁人的反應卻讓禪智有些迷糊了。許多人到廟裡來，一看到禪智和尚的鼻子，露出比以前更好笑的神情，許多人湧到他面前，緊緊盯著他縮短的鼻子看，嘴裡還唧著詭異的笑容，像是在觀賞一個天下奇觀。就連廟裡的小和尚們經過禪智身邊時，也都紛紛憋著笑容，等禪智走遠了，他們才把憋著的笑容放肆地宣洩出來，轟隆隆的，像在打鼓。之前那個不小心讓他鼻子掉進粥裡的小和尚也一樣，當著禪智的面恭恭敬敬，等他一轉身，就爆出笑聲。

這樣的狀況讓禪智很困擾，他想是因為自己的容貌改變了吧。可能是因為他們習慣了自己的長鼻子，這樣的特徵一下子消失了，大家都不習慣吧。

「只是，為什麼以前沒有笑得這樣露骨啊？」禪智常在誦經時，忍不住滿腹的疑惑，停下來問著自己。

他想起幾天前自己的長鼻子，和旁人的對待，怎麼也想不通，為什麼眾人沒有因為他擺脫了向來自卑的長鼻子，而跟他一樣開心呢？

其實，人的心裡永遠有著矛盾的情緒。對於不幸的人，人類會給予同情與憐憫，並且希望能對他有所幫助，以證明自己的優勢；一旦這不幸被那人擺脫了，旁邊的人會突然覺得悵然若失，他們無法再表達自己的善心了，也無法證明自己的優勢，潛意識裡，竟然希望那個人再回到之前的不幸，這種潛意識會讓人類對那擺脫不幸的人莫名其妙地懷了敵意。

禪智不見得參透得了這個道理，卻也感覺到旁人的敵意了，他心裡十分不痛快，覺得這些旁觀者未免太奇怪了，他開始不耐煩，開始脾氣暴躁，也開始隨便對人發脾氣。

他常常跟小和尚們說不到幾句話，就破口大罵，不管別人怎麼說、怎麼做，都礙著了他。就連幫他治鼻子的徒弟，也受到池魚之殃，他在背地裡竟開始說起了師父的壞話。

「他哪天一定會因為這壞脾氣而受到懲罰的。」

有一天，禪智聽到狗吠，走出廂房看看，竟然看見之前那個不小心讓他鼻子掉進粥裡的小和尚在追狗，手中拿著一根長木棒，一邊跑還一邊嚷：

「別打著鼻子囉，哈哈哈。」

禪智氣壞了，他一把將小和尚手裡的木棒搶了過來，狠狠地打著那小和尚。這木棒，竟然就是之前用來幫禪智托鼻子用的啊。

鼻子短了，怎麼日子更難過了啊？

一天晚上，天氣轉涼，被窩裡的禪智一直感覺到一股冷颼颼的風。他翻來覆去，就是睡不好，覺得鼻子非常的癢，癢到讓人受不了。禪智用手摸摸鼻子，竟然還是燙的。

「會不會是硬把它弄短，出了什麼問題？」禪智心裡犯著嘀咕。

第二天清晨醒來，昨夜的風已經把廟裡的銀杏吹落了，整個庭園鋪滿了金黃色的杏葉，感覺上，天都轉晴了。

禪智走到廊上，深深地吸了一口氣。

就在此時，他感覺到身體裡有某種許久不見的東西甦醒了。

他意識到了什麼，趕緊伸手去摸摸鼻子。

是的，短鼻子不見了，那鼻子又長過嘴唇，直抵下巴。

禪智知道，他的長鼻子又回來了。但他心裡沒有一點不安，反而感覺到一陣前所未有的安心和舒暢。

他在黎明的秋風中晃了晃長鼻子。

「這下，再也沒有人會笑我了吧？」

曼娟私語

禪智和尚是個什麼樣的人？他的品格好嗎？他對徒弟好嗎？他在信眾的心目中是什麼樣的形象呢？他的行事作風如何？他對信仰是否虔誠堅定？這一切我們都不知道，只知道他有一個與眾不同的長鼻子。人們總是很容易用外表的特色來標記、評斷他人；而我們又那麼擔心在意自己的與眾不同。

禪智是個佛門中人，但他還是無法掙脫旁人對他的看法與議論。

芥川龍之介用了許多生活上的小細節，加強和尚的人物形象，像是他常忍不住偷窺鏡子裡的自己，調整鼻子的長短與角

度；當他吃飯時，必須要靠徒弟的幫忙，才能挪開鼻子順利進食……以及中國醫生給他的醫療建議，用熱水燙鼻子，並用腳踩踏，將裡面的脂肪擠出來，那種熱燙與尷尬不適的感覺，都那麼真實，好像是我們親眼看見的。

這就是作者的敘事魅力。

當禪智和尚的鼻子如願以償終於縮短之後，他的新形象反而引起更多的矚目、嘲笑，人們不習慣也不能接受他「恢復正常」的樣子。這件事令他感到懊惱，於是性情大變，弄得人仰馬翻。

直到他的鼻子終於恢復原狀，竟有鬆了一口氣的感覺，可以安心自在的過日子。最後的結局，似乎是在告訴我們，自己真正的樣子就是最理想的，不用追求與大家一樣，因為，就算你努力改變自己，別人也不一定會認同。

想一想 得到更多

A

你是否感覺到自己與別人不同？當你有些不一樣，別人看待你的態度如何？

當你遇到與眾不同的人，會特別注意他嗎？當別人對著那個人指指點點時，你的反應如何？

B

你是否認同作者所說：「其實，人的心裡永遠有著矛盾的情緒。對於不幸的人，人類會給予同情與憐憫，並且希望能對他有所幫助，以證明自己的優勢；一旦這不幸被那人擺脫了，旁邊的人會突然覺得悵然若失，他們無法再表達自己的善心了，也無法證明自己的優勢，潛意識裡，竟然希望那個人再回到之前的不幸，這種潛意識會讓人類對那擺脫不幸的人莫名其妙地懷了敵意。」試著說說自己的想法。

羅生門

Akutagawa Ryūnosuke

細雨綿綿的黃昏，一名長工在京都朱雀大路南端的羅生門下等待雨停。寬敞的城門下，只有這個男人和在斑駁龜裂的柱子上停留的蟋蟀。視線往前挪移一些，只有二、三個頭戴高頂斗笠的官吏走過羅生門前的大道上。

近兩、三年來，京都多次遭逢地震、颱風、火災和饑荒，使得整座京城變得非常蕭條冷清。根據《今昔物語》一書所記載的，甚至連廟宇中供奉的神像和佛具都被人摧毀。廟宇中以金銀箔片建成的木柱，紛紛被人堆到路上，當作普通的柴薪賤賣。京城的廟宇都難逃如此厄運，更何況是這座羅生門呢？

殘破的羅生門四周荒草蔓生，經常出沒的是狐狸和盜匪。最後，竟然連無名屍，人們都習慣將他們丟棄到羅生門下。只要到了準備入夜的黃昏，羅生門周遭臭氣熏天，氣氛詭異萬分，城裡的人們都不敢流連在這兒。

白天，這裡總有數不清的烏鴉，盤旋在天空中；夜幕低垂時，烏鴉更是

清晰可見。牠們多半是為了啄食屍體而來的。一群烏鴉呱呱呱地啞聲叫著，在慘紅的晚霞中，在一座鬼魅似的城門上，令人感覺好不哀戚。奇怪的是，或許今天天色太晚，竟連一隻烏鴉也看不見。

羅生門下的長工，在七級石階的最高一層坐下，脫去已經褪色的藍布外套，將它墊在屁股下，用手擠著右邊臉頰的青春痘，百無聊賴地望著雨勢。其實，這場雨早停或晚停，對長工來說，又有何意義呢？

要是在平常，大雨停了，他就應該立刻趕回主人家中。可是，四、五天前，他被主人解僱了。在景氣蕭條的京都，一個長工被解僱實在不是什麼新聞，這不過是大環境中的小小漣漪罷了。所以，與其說「長工正在等待雨停」，不如說「被雨困住的長工，不知所措地面對茫然的明天。」吧。

陰霾的天氣，一直不見轉弱的大雨，使得這個在平安時代，苟延殘喘討生活的長工，顯得更加沮喪了。長工心裡盤算的，當然不只是雨何時停歇，而是該怎麼樣安頓日後的生計。他無可奈何地聽著朱雀大道上傳來一陣陣的雨聲。

雨從羅生門嘩啦啦地落下。長工抬頭望向斜伸而出的城門屋頂，彷彿正費力地在支撐著天上一片沉重的烏雲。

如果想在走投無路的困境中找尋到生路，是一件很困難的事情，但，若是真要做出選擇的話，恐怕也只能選擇餓死在牆角或路邊的泥巴中吧，然後再像是狗一樣的被拖到這城門下，棄屍於此。

那麼，如果不擇手段呢？

這個想法在長工的腦海中不知道轉過多少次，然而，這個「如果」最終也止於「如果」。長工就算是選擇不擇手段，也只是為了要了解這個「如果」。當然，那還是因為他缺乏勇氣，無法去面對「除非做賊否則別無他途」的念頭。

長工打了個哈欠，懶洋洋地站直身子。寒風冷颼颼的京都城，讓人貪戀爐火的溫暖。風，愈夜愈冷冽，冷到連原先停留在柱子上的蟋蟀，此刻也不知道跑去哪兒了。長工縮著脖子，拉高穿在黃色內衣外的領子，環顧城門四周。他想找個能夠遮風避雨，同時也足以讓他隱密過夜的地方。很幸運的，他忽然看到一條通往城樓的紅漆樓梯。這樓梯很寬廣，上面沒有人。即使上面有人，反正也是些死人罷了。他一邊注意著掛在腰上的木柄鋼刀，避免出鞘，一邊將穿著草鞋的腳，跨上樓梯的最下一階。

幾分鐘過去了，忽然，長工發覺在通往羅生門城樓的樓梯中段，有一個身影晃過。是一個弓著身子的男人，努力伸長脖子窺視城樓上的動靜。從城樓上頭照下的火光，隱約地照射在這男人的臉頰上。他留著短鬚，一張長滿紅腫化膿面皰的臉。

本來，長工還以為這城樓上頂多只有死人，沒想到他登上一看，上面竟

然有人點著火把，火光仍四處移動著。昏暗的火光在布滿蜘蛛網的天花板上搖晃著，長工心想，在這樣的雨夜還會到羅生門上點燃火光的，必定異於常人。

長工像是壁虎般躡手躡腳地爬上樓梯頂端。他壓低身子，伸長脖子，小心翼翼地窺視著城樓裡面。

這城樓果然如傳說中的擺放了好幾具屍體，可是因為光線昏暗，他分辨不出到底有幾具，只是大略可看見其中有幾具屍體是赤裸的，有些則是穿著衣服的。男屍女屍全混雜在一塊兒。光看這些屍體實在難以相信，他們也曾經在世為人啊。

他們的樣子像是泥巴捏塑的玩偶，有的張大嘴巴，有的攤開手臂，橫陳在地上。肩膀跟胸部等突出的部位因為有著光線的照射，使得其他較為低窪的部分顯得更加黑暗了。像是跌進永恆的沉默裡。

一開始，長工用手摀住鼻子，抵擋惡臭，但此刻，他不知不覺放下了手，忘記掩鼻。因為有一股強烈的感受，幾乎奪走他的嗅覺。

他的眼睛逐漸適應了黑暗。

此時，他看見蹲在死屍中有一個身穿檜木色衣服、駝背、滿頭白髮，骨瘦如柴的老太婆。老太婆的右手拿著點燃的樹枝，專注地看著其中一具屍體的臉龐。

雖然毛骨悚然，但長工按捺不住心中的好奇。

他看見老太婆把火炬插在地板縫隙中，接著用手去觸摸那屍體。就像是母猴替小猴抓蝨子一般，她竟然將屍體的長髮一根根拔下來。長工瞠目結舌，不敢相信老太婆所作所為。他的恐懼感漸漸消退，取而代之的是對於老太婆的厭惡。如果說這分厭惡感是衝著老太婆而來，其實是有些矛盾的，正確地說，應該是長工對於一切罪惡的事情再也無法容忍了。

這時候，要是有人向他提出剛才思考的「寧願做賊也不願意餓死」的問題，恐怕他會毫不考慮地選擇餓死。他痛恨罪惡的心情，像是老太婆插在木板中間的火炬，熊熊地燃燒起來。

長工不是很明白老太婆為什麼要拔死人的頭髮，同時他也不知道，她的行為到底是好是壞。可是，對他來說，在這樣的一個雨夜中，在這樣的一座羅生門上面，拔取屍體的頭髮確實是無可饒恕的罪惡。當然，這時候的長工已經忘卻剛才自己也想淪為盜賊一事。

再也看不下去，於是，長工使勁兒一跳，從梯子躍上樓。他的手握著鋼刀，凶神惡煞地朝著老太婆走去。老太婆忽然見到人，嚇了一跳。

「往哪兒逃？」

長工攔住在死屍中倉皇竄逃的老太婆。

老太婆一句話也不說，她推開長工，但長工力氣大，一把就將她給抓回

來。兩個人在一堆屍體中拉拉扯扯，纏鬥著。當然不消說，勝負早在初始便已經揭曉。長工抓住老太婆的手臂，狠狠地將她制服在地。老太婆的手臂宛若雞爪，幾乎只能感覺到皮跟骨頭而已。

「妳鬼鬼祟祟在幹什麼？說！不說的話，休怪我給妳好看！」

長工將老太婆推倒，忽地拔出鋼刀，把閃著白光的刀刃亮到她眼前。可是，老太婆依舊不吭聲。她只是顫抖著手，吃力地聳聳肩、喘氣。她的眼睛瞪得很大，好像眼球就要從眼眶蹦出來似的。

這時，長工意識到這個老太婆的生死，完全操控在自己的手中。當他意識到這件事的時候，方才心中的憎恨，反而忽然消卻了。剩下的情緒，只是做了件事情，並且功德圓滿以後所擁有的得意與滿足。

長工注視著老太婆，語氣溫和起來：「不必怕。我不是什麼安檢的官員。我只是恰好路過羅生門。我不會找妳麻煩的。妳只要告訴我，妳到底在做什麼？」

老太婆的眼睛瞪得更大了。她看著長工，專心得像是鳥兒發現了食物那樣專注。接著，她那張布滿皺紋的，幾乎快和鼻子擠在一起的嘴，彷彿在咀嚼什麼，發出如同烏鴉嘶鳴的聲音，斷斷續續傳入長工的耳中。

「我……拔下這頭髮，是為了，拿來做假髮髻。」老太婆說。

長工對於這出乎意料而又無聊至極的答案感到失望。失望之際，原先對於老太婆的憎恨和輕視，一時之間又浮現心中。長工的表情也恢復成一開始的模樣。

老太婆一手拿著死人的長髮，發出蟾蜍般的嘎嘎聲，解釋著：

「也許是吧！拔死人的頭髮，或許很可恥，但是，躺在這裡的人，死了也沒啥值得同情的。像是剛剛被我拔頭髮的女人，她生前把蛇肉曬乾去充當魚乾，拿到東宮護衛的營裡賣！要不是她得了瘟疫死了，我看她現在還在靠這維生呢！可笑的是，東宮護衛還誇讚她賣的魚乾味道好，天天去買來吃。不過，我並不覺得她做的是壞事。因為如果她不這麼做，就只有活活餓死的分。沒辦法啊！所以，我也不認為我拔死人的頭髮有啥了不起的。我不這麼做，就只能等著餓死。」

原本拿著鋼刀的長工，將刀收回了刀鞘。他左手按著刀柄，淡淡諦聽著老太婆的解釋。他一面聽，一面摸著臉上的痘子。

當他在聆聽這番話時，心中忽然產生一股勇氣。這勇氣是他之前在城門下所缺乏的，並且跟他剛剛抓住老太婆時的勇氣也不同。此時此刻，他忽然對餓死或者做賊的抉擇，不再感到迷惑了。以他現在的心情，餓死這種念頭根本連想都不必想，早已經被拋到九霄雲外了。

「是這樣嗎？」

長工以嘲諷的口吻反問老太婆。然後，他忽然跨出一步，一把抓住老太婆的領口，凶狠地說：「那麼，如果我剝下妳的衣服，妳也不會恨我吧？因為，如果我不這麼做，我就得餓死啊！」

語畢，他粗魯地剝下老太婆的衣服，用腳把撲過身來的老太婆踢倒在那堆死屍上。

長工把從老太婆身上奪來的檜木色衣服夾在腋下，旋身，迅速沿著樓梯而下，消失在黑夜中。

不久，赤裸的，快要凍死的老太婆，從死屍堆狼狽地站起來。她喃喃自語，忍不住啜泣呻吟，靠著仍在燃燒的微弱火光，奮力地爬到樓梯口。她倒垂著斑白短髮的頭，俯瞰著城門下，然而前方只是漆黑一片。

再也見不到長工的去向了。

曼娟私語

芥川龍之介的〈羅生門〉原來是這樣的故事，一個貧窮、不安定的時代，一座頹敗的羅生門下，冷清、陰森，充滿鬼魅的氛圍。人們無所謂也不被在乎的死去。就算他們想要堅持一些良善或是本分，也是無法貫徹的啊。

說到底，人性是很脆弱的。

被解僱的長工，生活立刻陷入困境，他的內心掙扎著，為了活下去，是不是乾脆去做賊？但是內心最後一點殘存的良知阻止了他。直到他闖入一個行竊現場，目睹一樁罪惡的進行。那個骨

瘦如柴的老太婆，匍匐在死人堆裡，竊取死人的頭髮，這個怪異的場面，在芥川的描述下，令人感到非常不舒服。長工心中的反感升起，他覺得難以忍受，甚至掏出隨身攜帶的刀子，制服了老太婆。

可是，當他聽完了老太婆的陳述與辯護，他的想法改變了。老太婆覺得那些死者是死有餘辜，而她若不竊取頭髮換錢，就要餓死了。長工於是想到，自己若不當賊，也要餓死了。最後，他打劫了貧苦的老太婆，為了生存，成為一個惡人，已經完全忘記不肯墮落的初衷了。

一念天堂，一念地獄，原來，心念的轉換，竟讓我們成為完全不同的人。

想一想 得到更多

A

你是否記得自己是什麼樣的人？做每件事的初衷？如果遇到挫折或困難，該如何堅持初衷？而不輕易墮落？

B

為自己找藉口，是最容易自我逃避的方式。你認為故事中的老太婆找了什麼藉口，來掩飾自己的惡行？而長工又找了什麼藉口來打劫老太婆？

橘子

Akutagawa Ryunosuke

在一個冬天的夜晚，天色陰暗，我坐在火車上。這是從橫須賀出發的二等車廂，我呆呆的在角落裡等著火車出發時的鳴笛聲。車裡的電燈早就燃亮了，難得的是，除了我，這節車廂裡竟然沒有別的客人。望向窗外，與往常不同的是，昏暗的月台上，一個送行的人也沒有，只有被關在籠子裡的一隻小狗，時不時的發出吆吆的叫聲，聽來有些悲哀。而這一切恰好與我當時的心境相當吻合。

我的腦中擠滿了說不出的疲勞和倦怠，就像這即將落雪的天空，那樣沉鬱陰霾。我動也不動的，將雙手插進大衣口袋，連掏出晚報看一看的精神也沒有。

不久之後，發車的鳴笛聲響起。我覺得略為舒展，便將頭向後，靠在窗框上，漫不經心的期待著車站將從眼前漸漸往後退。但是，車子還沒移動，便聽見從檢票口那裡傳來一陣木屐的聲響，啪嗒啪嗒，急促的腳步，伴隨著列車員的謾罵，我的車廂門哐啷一聲拉開了。

一個十三、四歲的姑娘，神色慌張的走了進來。同時，火車使勁的顛簸一下，緩緩的開動了。

站台上的廊柱一根接著一根從眼前略過；送水車彷彿被世人遺忘那樣孤單；戴著紅帽子的搬運工正彎著腰，向付小費的旅客道謝——這一切都在窗前飛揚的煤煙中依戀的向後退去。

我好不容易鬆了口氣，點上菸捲，而後抬起眼皮，打量一下坐在對面的姑娘。

那真是個不折不扣的鄉下人。乾枯的頭髮挽成了銀杏髻的款式，一道道皴裂的痕跡，在刺眼的紅色臉頰上，特別醒目。淡綠色的毛線圍巾已經很骯髒了，有氣無力的垂掛在膝頭放置的大包袱上。捧著包袱的那雙手滿是凍瘡，緊緊的攢著一張紅色的三等車票。

我不喜歡這姑娘一身寒磣的庸俗樣子，那身邋遢的衣服也讓我心生不快，最令人生氣的是，她竟然連二等車廂和三等車廂都無法分辨。我一點都不想再注意這個人了，因此，點上菸捲之後，就將大衣口袋裡的晚報拿出來，隨意的攤在膝蓋上。這時，窗外射入的光線由電燈的光線所取代，火車已經駛進了橫須賀線上很多隧道中的第一個隧道。

在燈光的照射下，我瞄了瞄晚報，上面刊登的都是世間的平凡事件，不外乎是媾和、新婚夫妻、瀆職事件、訃聞等等，都無法解悶。我機械式的瀏覽著這一條條索然無味的消息，同時，產生一種錯覺，彷彿火車是在倒著開的。

然而，在這段時間裡，我仍然無法忽視眼前姑娘的存在，她坐在那裡正像是這現實世界的樣貌。正在穿越隧道的火車；在我眼前的鄉下姑娘；還

有這份布滿平凡消息的晚報——這多麼像是一種象徵？不正像是這不可思議的、令人鬱悶而又無聊的人生的象徵？

我對一切感到心灰意冷，於是，將還沒讀完的報紙扔在一邊，又把頭靠在車窗上，了無生趣的闔上了眼睛，打起盹兒來了。

過了幾分鐘，我在一陣動靜中清醒，睜眼一看，發現那位姑娘不知從何時開始，竟然從對面的座位挪到了我身邊，並且一個勁兒的想要打開車窗。可是，這笨重的玻璃窗並不好開，她努力的瞬間，皴裂的臉頰顯得更紅了，一陣陣吸鼻涕與喘息的混合聲音，響在我的耳際。

這情況確實引起我的些微同情。

暮色蒼茫，軌道兩旁山坡上的枯草，仍清晰可見，此刻直逼窗前，代表火車將要進入隧道了。

我不知道她為什麼執意要將窗戶打開？我只能當作她是一時興起吧。因此，我索然無味的冷眼旁觀，希望她永遠打不開那扇窗。不久，火車發出了淒厲的喊聲衝進隧道。於此同時，姑娘卯足了力將窗子打開了，一股濃黑的煤煙屑氣，令人窒息的從窗外滾滾湧入車廂。我根本來不及用手帕蒙住口鼻，本來就有些咳嗽，突然被噴了一臉煙，更是咳到喘不過氣來。

姑娘對我的反應毫不在意，她把頭伸到窗外，全神貫注的盯著火車前進的方向，任憑黑暗中颳來的風吹襲她的鬢髮。她的形影浮現在煤煙與燈光中。此時，窗外亮起來了，泥土、枯草與水的潮濕氣味，冷颼颼的迎面撲來，我好不容易止住咳嗽。

若不是因為我咳個不停，肯定要把這姑娘罵一頓，叫她把窗戶關好的。已然鑽出隧道的火車，正經過被夾在乾枯草木的山嶺中的分岔路。分岔路附近，寒傖的茅草屋頂和瓦片屋頂緊密排列著。大概是鐵道員在打信號吧，一面顏色沉舊的白旗孤零零在黃昏中懶洋洋的搖曳著。

就在這個當下，我看見了那寂寥分岔道的欄柵後，三個紅臉蛋的男孩，並肩站在一起。他們的個子都很矮小，就像是被這陰暗沉重的天空給壓迫的。他們身上衣服的顏色就像鎮郊那片風景一樣黯淡。他們抬頭望著火車經過，一起奮力舉高手，扯起喉嚨，從小小的身體裡發出尖銳的喊聲，聽不出喊叫的內容。

就在這個時刻，從窗口探出半個身子的姑娘，伸開滿是凍瘡的手，使勁的左右擺動。在陽光溫暖的照射下，令人喜愛的五、六顆橘子，忽然朝向孩子們的頭上飛落而下。我不由地屏住呼吸，登時恍然大悟了。

姑娘應該是去外地當女傭的，把揣在懷裡的幾顆橘子從窗口扔出去，為的是犒賞特地來到分岔道為她送行的弟弟們。

蒼茫暮色籠罩著的鎮郊分岔道；像小鳥般歡快叫著的三個男孩；朝他們頭上飛落的橘子那樣鮮豔的顏色——這一切的一切，在轉瞬間就滑過了眼前。

然而，此時此刻的情景，卻深深的烙印在我的心中，使我幾乎喘不過氣來。我意識到自己的靈魂深處升起了一股莫名的喜悅，我抬起頭，用一種全然不同的眼光定定的注視著那個姑娘。不知何時，她已經坐回了我對面，淡綠色的毛線圍巾仍圍裹著那張皴裂得紅通通的臉龐，捧著大包袱的手裡仍緊緊攢著那張三等車票。

直到這時，我才能忘記那無法形容的疲勞和倦怠，以及那不可思議的、令人鬱悶而又無聊的人生。

曼娟私語

這篇作品與其說是小說，不如說是散文，卻是芥川龍之介的作品中，我自己特別鍾愛的一篇。二十七歲的芥川已漸漸被家族遺傳的精神疾病所困擾。這種不為人知的低落和疲倦，讓他眼中投射的世界都是昏暗無光，索然無味的。

一次火車的旅程，他遇見一位離鄉去外地幫傭的少女，沒想到竟然成為療癒他的光。

少女剛出場的時候，透過作者的眼睛去看，讓我們看到的是貧窮、寒酸、庸俗、見識淺薄（竟然連二等車廂和三等車廂都分不清）。作者並沒有寄予同情，而是感到不快、嫌惡，尤其是她奮力開窗，而讓隧道裡的煤灰衝進車廂時，真的給人不識高低的感覺。既然已經坐錯車廂，還不能安靜一點嗎？

然而，當那三個瘦小的孩子出現在分岔道，一切都有了答案。這個臉頰皴裂、雙手凍瘡的少女，原來是一個奉獻者，也是一個犧牲者，她為了家人，為了改善生活條件，只能離家去外地做苦工。她懷中的幾顆橘子，帶給弟弟們極大的歡愉和滿足，可能是她在月台上，用辛苦積攢的私房錢買的。她手上的三等車票，標示出她的身分，而她並不是為了自己的舒適才潛入二等車廂，只因為三等車廂是不能開窗的。

當作者目睹了橘子飛出車外的這一幕，他受到了震撼，覺察到自己之前的輕視，是何等謬誤。少女做的事，或是她的存在，原來是這樣的高貴。為他人付出的人生，是深刻的，讓作者也忘記了一直壓在心上的沉悶與疲勞。

想一想 得到更多

A

當你看見有人做出不合規矩的事，會心生反感？還是會想試著了解他的動機與心中的想法？

B

是否有人願意為你付出，扛起生命的重擔，只為了你能過上更安逸的生活？你有沒有表達過自己的感謝？

竹林中

Akutagawa Ryunosuke

樵夫的供詞

對，沒有錯！發現屍體的人是我。今天早上，我跟平常一樣去砍柴，沒想到，山後的竹林裡竟然有這麼一具屍體。地點在哪裡？嗯，距離山科的驛路大概有四、五町光景吧。竹林中夾雜著群群杉樹，一個人影都沒有。

那具屍體穿著淡藍色的短褂，頭上戴著有皺紋的烏帽，臉朝向天倒著。想想看，一刀恰好戳進胸口，屍體周圍的落葉全被染紅了，多麼駭人的景象。沒有、沒有，已經沒有流血了，傷口早就凝固了。有一隻馬蠅緊緊地叮在傷口上頭，連我的腳步聲都沒有驚擾到牠。

有沒有看見任何凶器？沒有。什麼都沒有。只是旁邊的杉樹下丟著一根繩子。除了繩子以外，還有一把梳子。屍體旁邊只有這兩樣東西。可是，周圍的草根竹葉被踩踏得很厲害。看來，那個漢子被殺之前，肯定跟凶手拚命搏鬥過吧。

你問我有沒有馬走過的痕跡？不可能。那裡太狹小，馬進不去，只有竹林後面的路才能夠讓馬通過。

僧的證詞

是的，昨天我是見過那個不幸死了的漢子。

時間是昨天下午，地點是在關山到山科的路上。那個人跟著一個騎馬的婦人朝關山這邊走來。女人戴著面紗，我看不清楚她的臉，只見到她身上那件夾衣的顏色——好像是紅面藍裡的。她騎的馬是匹桃花馬，記得馬鬃都被剃光了。馬有多高啊？我想想，大概有四尺四寸吧。不過，我只是個和尚，不大懂這種事情。至於那個佩著大刀和弓箭的男人，在他黑色的箭囊裡插著二十幾支箭。眉宇之間，十足威風的模樣，給我留下很深的印象。

唉，我做夢也沒有想到，這男人居然會落到這種下場。人生真是如夢啊！唉，我不曉得該說些什麼了，真是可惜！

捕快的證詞

我抓到的那個人嗎？他的確是個惡名昭彰的強盜，名字叫作多囊丸。不過，當我逮到他的時候，他正在粟田口的石橋上痛苦呻吟，大概是從馬上摔下來吧。時間？是昨天剛剛入夜不久。上次，我差點要抓住他了，可惜被他跑掉。那一回，他穿的也是藏青色的短褂，腰上綁著大刀。這一次，您瞧瞧，他除了帶刀之外，還帶弓箭哩！啊？什麼？你說，那個被害人的身上也是佩戴這些？那那那，那這麼說，加害人無疑是多囊丸了。黑色的箭囊，纏著皮的弓箭，差不多有十七支左右，這些都是那個被害人的吧。對，就像是您說的，馬也是那匹剃光鬃毛的桃花馬。我看啊，一定是因果報應，被畜生給甩下來啦！至於那匹馬，牠就在石橋過去一點兒的地方吃著路邊草。

073———竹林中

在洛中出沒的強盜裡，多囊丸這傢伙是出名的好色之徒。去年秋天，有個好像是來進香的婦女跟丫頭，在鳥部寺寶頭盧的後山被殺死，據說就是他幹的。男的被他殺了，騎桃花馬的那個女人不知道給他帶到什麼地方去了。也許我不該多嘴，但，女人的下落也請您調查一番吧。

老婆婆的證詞

沒錯，這就是我閨女下嫁的那個男人的屍體。

他不是京城裡的人，是若狹國府的武士。名字叫作今澤武弘，二十六歲。不會喔，他的性情很溫和的，絕對不會招人忌恨的。

我的女兒叫作真紗，今年十九歲。她的性格剛強，甚至比男人還強硬。除了武弘之外，她不曾跟別的男人交往過。小小的瓜子臉，膚色微黑，左邊眼角上有顆痔。

武弘昨天跟真紗一起動身前往若狹，結果竟然發生這種事情，真不知道造了什麼孽啊！只好認命了。可是，我的女兒怎麼樣了呢？真把我給急壞了！我這孤獨老太婆求求您啊，我一輩子都會感謝您，希望您上山下海，務必將我的寶貝女兒找回來。不管怎麼說，可恨的是那個叫作什麼多襄丸的強盜！不但害死我的女婿，恐怕還把我純潔的女兒給……（老婆婆泣不成聲）。

多襄丸的證詞

我承認我殺死了那個男人。但是，我沒有殺死女的。她到底去哪裡了？我怎麼知道？你再怎麼拷問我，也是無濟於事的。因為，我不知道就是不知道啊！而且事到如今，我也沒啥好怕的了，好漢做事好漢當。

昨天剛過中午，我就遇見那對夫婦。那時候，颳起一陣強風，撩起了那女人垂下的面紗。我看見了她的臉龐。可是一眨眼，就看不見了。可能因為這個緣故吧，我覺得那女人長得很像菩薩一樣美好。

那時我已經打定主意，即使殺了那個男人，我也要把這個女人給搶到手。

唉，殺死男人，並不是你們所以為的那樣了不起。反正呢，要搶女人，男人橫豎都是會給殺死的，只不過，我是用大刀，而你們殺人，用的是權力，用的是金錢，甚至用一張偽善的嘴就行了。是的，對方不會流血，人也活得好好的，可是，還是給殺了。想一想有多麼罪孽啊！誰知道究竟是你們壞，還是我壞呢？

不過，要是能夠不殺人就可以把女人給搶到手，也挺好的啦。喔，我要強調，那時候我原本是想盡量避開那男人，不殺死他，就把女人搶到手的。可是，在山科的大道上，我沒有辦法做到，所以，我只好想法子將那對夫婦

引到竹林裡。

這原本不費什麼氣力的。我跟那對夫婦結伴同行，只需要跟他們說，對面山上有座古墳，隨便一挖，就會挖出許多值錢的大刀跟鏡子。誰要是想買，不管要哪一樣，只要出幾個錢就行了。那個男人聽了我的話之後很心動。您看看，貪心是多麼可怕的事情啊！不到半個時辰，那對夫婦就跟我走進了山路。

到了竹林裡，我就說，寶貝全埋在這裡呢，來看看吧！那男人利慾薰心，很快地同意了。可是那個女人大概見到竹林很暗吧，她連馬都沒下，就在那裡等著。說實在的，這正合我意。於是，我就把女人留在原地，跟男人一起走進竹林。

竹林裡面全是密密麻麻的竹子。走了十六、七丈，才見到前方有一處較為疏鬆的杉樹。為了達到目的，沒有比這裡更為方便的地方了。我撥開竹枝，撒了個連我自己聽起來都很真實的謊言。我說，所有的寶貝都埋在那棵杉樹下。聽我這麼一說，男人開始拚命朝著我指的方向快步前進。一走到那裡時，我就馬上將他給推倒。他果然是個武士，力氣相當大，然而，我出其不意，他整個人都招架不住了，忽地就被我捆到一棵杉樹下。你問我哪裡來的繩子？拜託，這是當賊的妙處。隨時必須爬牆跳高的，繩子是我們的必備品。為了不讓他喊叫出聲，我用落葉堵住他的嘴，此後就沒有什麼麻煩的事情了。

當我把男人安排妥當以後，就回到女人那邊。我告訴她，她的丈夫好像得了急病，要她快去看看。不用說，這次也達到了目的。女人摘掉那層面紗，就這樣直接被我拉著手走進竹林深處。走近一看，男人就被捆在杉樹上呢！

女人一看到眼前的景象，不知怎麼就從懷裡掏出小刀，準備解開綁住男人的繩子。我從來沒見過那麼急躁的女人呢，要知道，若是一不小心，就會被她戳破肚皮了啊！就算躲過這一劫，在她的亂刀之下，說不定還會受到什麼樣的傷呢。不過，我畢竟是多囊丸啊，好歹連大刀也沒拔出來，就將她手上的小刀給打落了。我終於照原來計畫的那樣，不殺害男人，就將女人弄到手。

不殺害男人。是的，只要把女人弄到手，我並不打算殺死男人。可是，正當我想丟下趴在地上哭泣的女人，往竹林外逃的時候，那女人忽然像是瘋子一樣抓住我。她斷斷續續地喊著：「你也罷，我丈夫也罷，你們之間總得死一個。在兩個男人面前失去貞操，比死還痛苦。不管你們哪個活下來，我就情願跟他。」直到此刻，聽見她所說的話，我才動了殺機。

你們一定會認為，我比你們壞多了，是嗎？那是因為你們未曾看見那女人的臉。尤其是那個瞬間，她烈火般的雙眼。我和這女人的眼光四目交會時，心想就算是被天打雷劈，也要將她娶到手。我只有想要娶她為妻這個念

頭。並不像是你們所想像的那樣下流。如果，當時除了色慾以外，什麼念頭都沒有，我肯定就把女人丟在原地，然後就逃出竹林了。偏偏那女人說出了那樣的話。要不是因為她，我的大刀也不至於沾上男人的血。

但是殺死男人嘛，我也不想用卑鄙的手段。我給他鬆了綁，要他來跟我單挑。那男人的確就拔出大刀要來跟我對決。他悶不吭聲地向我撲過來。至於結果怎麼樣？我想也就不必贅述了。在第二十三個回合裡，我的大刀將對方的胸膛刺穿了。請注意！是第二十三個回合喲！直到現在，我對於他能堅持這麼長時間，還是很欽佩的。因為他是唯一一個能跟我交手到二十回以上的人。

男人一倒下，我就提著血淋淋的大刀回頭去找女人。可是，女人竟然消失了！那女人消失得無影無蹤。到底跑去哪裡了呢？我在竹林中找了又找，始終沒有看見她的身影。一點蹤跡都沒有。豎起耳朵聽，也只是傳來男人喉嚨間發出的斷氣聲。

也許我剛開始殺那男人時，女人就被嚇跑了吧。想到這兒，為了保全自己的性命，我就拿起大刀和弓箭，立刻回到原來的山路上。女人的馬還拴在那兒，靜靜地吃草呢。以後發生的事情，我就不多說了。只是在進京之前，我已經把大刀給賣掉了。好的，我的證詞已經說完了。我這顆腦袋遲早會被掛在監牢門前的樹上，廢話不要多說，快處我死刑吧！

清水寺女人的供詞

那個穿著藏青色短褂的人玷污了我之後，就開始嘲笑我那被綁起來的丈夫。我丈夫非常氣憤，可是無論他如何掙扎，渾身綁著的繩子只是愈來愈緊。我忍不住衝向丈夫身邊，可是那個人立刻一腳將我踢開。就在這時候，我發現丈夫眼中閃過一抹詭異的光。真的很難以形容。直到現在，我一想起還是

全身發抖。

他一句話也說不出來，剎那間，他用眼神將心底的念頭傳達給我。閃爍在他眼裡的並非憤怒也不是悲哀，卻是一股冷冷的，蔑視我的眼神。與其說是被那個人踢的，不如說是被丈夫的眼神給震懾到了。我受到莫大的刺激，不能自已的尖叫一聲，就昏過去了。昏過去的我，任人擺布也全無意識。

後來，我總算恢復了知覺。四面環顧，那個穿著藏青色衣服的人不知道跑去了哪裡。只剩下我的丈夫被綁在衫樹下。衣衫不整的我，從堆滿落葉的地上勉強撐起身子來，看了看丈夫的臉龐。丈夫的眼神跟剛才並無兩樣。在冷冰冰的輕蔑之中，似乎還充滿著憎恨。我不知道該怎麼形容當時的感觸，或許是羞恥，或許是悲哀，或許是憤怒，總之，我搖搖晃晃站起來，走到丈夫的面前。

「事情變成這樣，我也沒有臉和你在一起了。我打算一死了之，可是，可是請你也死吧。因為你目睹了我的恥辱，我無法讓你一個人這樣活下去。」

我努力吐出這些話，然而丈夫只是厭惡地瞪著我。我忍受著幾乎快要破裂的胸膛，在丈夫的身上找尋大刀。大概是被強盜給拿走了，什麼也沒有。幸虧小刀還掉落在我的腳底下。我拾起小刀，對丈夫說：「那麼，請允許我先殺了你，我隨後就到！」

丈夫聽見我的話，好不容易動了動嘴唇。他嘴裡塞滿了落葉，講了什麼，我聽不見。但是看見他的嘴型，我大約明白了。他依然對我抱著輕蔑的態度，說：「殺吧！」我幾乎像是做夢一樣，下一秒鐘就將小刀朝著丈夫刺下去。

不久，我竟然又昏了過去，醒來以後，看見死去的丈夫仍被綁在原處。夕陽的光，透過扶疏的竹子，映射到他蒼白的臉頰上，顯得更加滄桑。

我忍著哭聲，把屍體給鬆綁。接著，我試圖自殺，可是，我真是太沒用了！我想要把小刀往喉嚨裡戳，想要整個人往山谷裡跳，但總在最後一秒怯弱下來。所以，我現在還這麼活著，實在是很不光彩的事情。

像我這樣懦弱、沒骨氣的人，恐怕連大慈大悲的觀世音菩薩都不屑一顧吧。可是，殺了丈夫的我，被強盜玷污的我，究竟該怎麼辦才好呢？

鬼魂借靈媒所說的證詞

強盜強姦了我的妻子。我目睹一切，痛苦萬分。

然而，事後我仍然試圖安慰她。所謂的開口說話，其實是不可能的，因為我被綁著，嘴巴塞滿樹葉，因此只能利用眼神來傳遞關懷。我想要告訴我的妻子，千萬不要相信那強盜所說的，因為他說什麼都是一派胡言。

可是，我的妻子沮喪地坐在竹林落葉上，只是呆呆地望著自己的膝蓋。怎麼看也像是專心聆聽著強盜的話啊！我嫉妒得全身發抖，強盜花言巧語說著，最後竟然大膽地說出這樣的話：「既然妳已經被玷污了，跟丈夫的關係不可能圓滿，那麼就跟著我吧！我正是因為愛妳才會做出這種事情來。」

聽強盜這麼一說，妻子竟然春心蕩漾地抬起頭來。我從沒有看見妻子像那時候這麼美豔過。沒想到，我這美麗的妻子，居然望著被綁在樹上的我，回答強盜：「那麼，就請您隨便把我帶去哪兒吧！」

妻子的罪行不只如此。

如果只是這樣，我也不至於那麼痛苦了。妻子像是做夢一樣被強盜牽著往竹林外面走去時，臉色忽然變得慘白，她指著杉樹下的我，發了瘋似的對強盜喊著：「請你把那個人給殺掉！只要他活著，我就不可能跟你在一起！」

請你把那個人殺掉。是的，我肯定沒有聽錯。

這句話如同一陣狂風，將我整個人吹下山谷，失望得粉身碎骨。就連素昧平生的陌生人，都不會說出這麼惡毒的話，更何況是我的妻子呢？我真不敢相信耳朵聽見的一切。聽到這句話，就連強盜的臉也發白了。

「請你把這個人給殺掉！」妻子繼續喊著，拉住強盜的胳膊。強盜注視著我的妻子，沒有動作。接著，他將妻子一腳踢到竹子的落葉上。

強盜朝著我看：「那個女人你打算怎麼處置？殺掉？還是饒她一命？點一下頭吧。要殺掉嗎？」

光憑這句話，我就想要赦免強盜的罪孽。趁著我遲疑的工夫，妻子喊叫一聲，立刻逃到竹林深處。強盜立刻飛奔過去，但好像連袖子都沒有抓到。我的意識愈來愈模糊，彷彿像是夢中場景。

妻子逃開以後，強盜奪走我的大刀、弓箭，把我身上綁的繩子給割斷。當強盜消失在竹林外之前，對我說：「快逃走吧！」

之後，周圍安靜下來。過了一會兒，我聽見一陣哭聲。哪裡來的哭聲？我仔細辨認，才發覺那是我自己的聲音。

我吃力地從樹下抬起那筋疲力盡的身軀。妻子遺落的小刀就在我的眼前閃閃發亮。我把刀子拿起來，狠狠地朝著胸口猛刺下去。一股濃烈的腥味蹦到嘴邊。我一點兒也不覺得痛苦，只是感覺胸口一陣冰涼。四下寂靜無聲。哎，多麼淒涼啊！連隻小鳥都沒有。唯有幾道夕陽餘暉寂寥地從竹葉中灑落下來。漸漸的，光線也黯淡下來，連樹葉也見不到了。我倒在那兒，被深深的幽靜包圍著。

不久，我感覺到有人接近我。我看不見是誰，只是感覺到那個人悄悄地拔出我胸口上的小刀。霎時，一股鮮血又湧上我的喉頭。

從此，在竹林深處，我永遠永遠地沉淪在黑暗之中了。

曼娟私語

這是一齣不折不扣的悲劇——丈夫被殺死了；妻子被奪去貞操；強盜已經落網，然而，命案的真相是什麼？

旁觀者包括發現屍體的樵夫、路上偶遇的僧人、抓捕強盜的捕快與妻子的母親，他們的證詞或多或少提供了一個模糊的輪廓。然而，當事人的供詞卻是南轅北轍，相差懸殊。真的是令人如墮五里霧中，摸不清方向啊。在這個敘事過程中，強盜是比較平面的，丈夫與妻子的內心戲卻是相當精采。

在妻子的懺詞中，殺死丈夫的人是她自己。而在動手之前，

她的心已經被丈夫冷漠的譴責眼光給殺死了，她不想活了，也不願丈夫帶著創痛獨自活下去，所以才狠下殺手。我們不禁懷疑，強盜和丈夫，誰帶給妻子的傷害更冷酷？

成為鬼魂的丈夫，卻有另一種說法，他聽見強盜向妻子示愛，妻子的容顏像盛放的花朵一樣美豔，而後，是妻子要求強盜殺了他。強盜震驚憤怒，反而願意為丈夫殺掉妻子，最終，妻子逃跑，強盜也跑了，丈夫是自殺死的。而在他舉刀自盡之前，妻子已經用言語殘酷的將他殺死了。

這難道是婚姻關係中，相愛相殺的夫妻寓言？

想一想 得到更多

A

丈夫、妻子與強盜的三個版本，聽起來都有合情合理之處，你覺得哪一個版本更接近事實？原因何在？

B

現代社會社群媒體興起、資訊量暴增，時常出現同一件事情有不同說法的現象。你如何判讀這些資訊？你會透過哪些方式來了解事情的全貌？

河童（節錄精華版）

Akutagawa Ryūnosuke

嵌著鐵欄杆的窗外，是一棵已落光葉子的槲木，在即將下雪的天空開展它的細枝。

此時此刻，正在說話的人是精神病院裡第二十三號病人，雖然已過三十，卻看起來非常年輕，此時他正緊抱著雙膝，將眼神落在鐵窗之外，像已準備好要對我以及精神病院院長S博士，訴說一個漫長的故事。

他緩緩的說，那是在三年前夏天的某日……

///

那天，我揹起登山背包前往穗高山，由於有多次登過高山的經驗，因此在沒有嚮導陪同的情況下，獨自一個人走入了濃霧瀰漫的梓川山谷。原本以為，這場濃霧很快就會散去，是我小看了山裡的氣候變化，我從沒想過這霧

097 ———— 河童

竟然會愈來愈濃。

慢慢摸索著向前，行進的速度十分緩慢，不知過了多久，肚子感覺到餓了，隨便找了塊岩石坐下，此時的我正在山谷溪邊。我打開背包裡的牛肉罐頭，啃著麵包，前後過了十幾分鐘，那大霧竟不知不覺中悄悄散去。我看看手錶，時間已經是下午一點二十分了。

突然間，我從錶面的圓形鏡面上，看見一張奇特的臉——傳說中河童的臉孔。

他就站在我後面的石頭上，一手抱著樺樹，一手遮著眼，像在偷窺我的一舉一動。我馬上站起來，往他的方向撲過去，河童卻一晃眼就閃入叢林裡，他速度之快，並不亞於猴子，我在後面死命追著，眼前就是一棵巨大的橡樹了，他像是要衝進一個洞穴之中，我很快地伸手一抓，指尖才剛要碰到他滑溜的背脊，忽然發覺自己也往那黑暗洞穴裡跌下去。

當我醒來時，呈現著仰躺的姿勢，而身邊不知何時已圍擠了一群河童。其中一隻戴著眼鏡的河童正拿著聽診器，在我胸前仔細聽著。他看到我張開眼要起身，馬上伸出手制止，意思大概是「不要動」。

「Quax! Quax!」他對後面一隻河童說了些話，沒多久，就有兩隻河童扛著擔架出現，我像個病人一樣被放在擔架上，穿越了一整排的河童。我靜靜的被扛了一段路之後，開始注意起周圍的街道風景，發現在河童的國度裡，他們的街道和銀座的馬路並沒什麼兩樣。

抬著我的擔架之後鑽進了一條小巷，來到一間小房子前，我後來才知道，那就是替我看診的醫生家，戴著眼鏡的他，名字叫作恰克。

恰克每天替我看診兩、三次，此外，還有一隻叫作柏格的漁夫也會來探望我，他就是當初被我在山谷中追著跑的那個河童。

約莫一星期之後，根據這個國家的法律規定，我變成了「特別保護的居民」，並且安排我就住在恰克醫生的隔壁。

他們替我找到的房子雖然不大，卻很精緻，每天晚上，我在房子裡招待前來的恰克與柏格，同時學習河童的語言，除了他們倆，其他河童也會來探望我，畢竟身為特別保護居民的我，對他們來說是很值得研究的。

河童是個很特別的動物，最明顯的就是他們的長相，該怎麼說呢？手腳像蛙一樣有水蹼，身高約一公尺左右，而體重，據恰克醫生說，一般從二十磅到三十磅不等，當然，也曾出現過五十磅的大河童，只是這樣的河童很少見就是了。

他們的短毛頭頂像個橢圓形盤子，會隨著年紀增長而變硬，最特別的，要算是河童的皮膚顏色，會隨著不同場合改變。他們的皮下有很厚的脂肪，即使在這溫度較涼的地下國度，也不用穿任何衣服。其他部分，有許多都和我們人類一樣，比方說，他們身上也會帶著菸盒或者錢袋之類的東西出門。

雖然沒有穿衣服，但他們肚子下方有個像袋鼠一樣的袋子，所以帶著這些配件，其實並沒有什麼不便。

慢慢的，我學會了河童的生活用語，也知道了一些河童的風俗與生活習慣，有趣的是，他們會將我們人類覺得再正常不過的事，當作是一場笑話，卻又會對我們人類感到可笑的事，一本正經的去執行。

有一次，我對恰克醫生提到人類節育的事情時，他驚訝的張大嘴巴，忍不住捧腹大笑，笑得連我都感到有些困窘。

「你們人類只用父母的角度來看這件事，好處不都被這些父母占盡了。」恰克醫生說。

終於在不久之後，我有機會到柏格的家，實地拜訪、參觀他太太生產的整個過程，當然，他們和我們人類一樣，既有醫生，同時也有助產士，就在柏格太太即將生產時，柏格突然往前走了一步，將整張臉湊到他太太的產道口，像打電話一樣大聲的說：「喂，你得仔細想過之後，再回答我喔！是否真的願意來到河童的世界？」這樣的話柏格問了好幾次之後，產道裡面也傳出了一個嬰兒般的聲音，口氣帶著些許的歉意：

「我不想出生，首先是因為，一想到我會遺傳到爸爸您的神經質，就讓我感到活著是很吃力的事。再來，是因為我並不認為當一隻河童是件好事。」

當柏格聽到這個回答時，很不好意思的抓抓頭，像被糗了一頓，而現場的助產士則在確認嬰兒的意願後，迅速用一根管子塞入產道，注射了某種液體進去，就這樣，剛才還鼓鼓的肚子一下子如氣球般消了氣。

看到這一幕，我終於明白恰克醫生先前所說的話了。

談到生產，我偶然上街時曾看到一個大大的看板，但我對河童文字還不是那麼熟悉，幸好身邊出現一個學生叫拉普，他替我朗誦了上面的句子。

徵召遺傳的志工
基因健全的男女
請與殘缺的河童聯姻
全力撲滅不良遺傳因子

當我明白這所有的意思時，我對身邊的河童表達了反對意見，但他們卻在一旁哈哈大笑起來，彷彿我的見解是很可笑的一件事，而就在同時，我突然發現有隻河童趁我不注意，扒走了我的鋼筆，我想一把抓住他，卻因為他一身滑溜的皮膚而眼睜睜的看他逃跑。

因為那張看板，我認識了拉普，而他又介紹了一個特別的河童給我認識——托克。

托克是河童國度裡有名的詩人，他留著一頭長髮，和許多人類詩人感覺有些類似。在他的小小房子裡，種滿了各種花與植物，當他寫詩時，總是會悠閒的點起一根菸，而房子的另一角，總是坐著一隻正在編織的母河童，那是他的同居女友。

詩人講求自由戀愛與不婚主義，這一點也與人類頗為相同。

托克常跟我討論一些藝術方面的事，或者他對一般河童的看法，在他心中，河童的家族制度，是一種最愚蠢的存在，他覺得父母、子女、夫婦、兄弟之間，根本就是以彼此折磨為樂。

有一次托克指著窗外，用嘲諷的口氣說：「你看，那群傻蛋。」

我往外頭看去，一隻年輕的河童喘吁吁的，很吃力的走著，像隨時會窒

息倒地一般，因為他的脖子上吊掛著一對像是父母的老河童，以及七、八隻男男女女的小河童。

我對托克的看法頗不以為然，個人認為，那年輕河童對家庭付出的精神，很令我感佩。我說出了我的看法。

「哦！那麼你真的很適合成為這個國家的真正人民。」他語帶譏諷。

我則毫不客氣的回答：「Quax!」也就是河童語「是的！」

「那麼，你會為了一百個平凡人，而不惜犧牲一個天才。」他不甘示弱。

「您說我們都是平凡人，那麼您呢？」我問。

「我嗎？我是超人。」他得意洋洋。

似乎，像托克這樣的藝術家，都有如此「超於常人」的想法，我常跟著托克到他們的藝術家俱樂部玩，他們來自各個不同的領域，有音樂家、評論家、劇作家、小說家……無論哪一個，都自認為是超人。

他們在燈火迷濛的沙龍中暢飲，談論藝術與人生，有時展現一下他們的超人作風。比方說一位雕刻家在巨大的羊齒植物盆栽間，抓住同性的河童來一場翻雲覆雨；而另一位女性小說家，則爬上桌子一口氣狂飲六十瓶苦艾酒。不過，當她喝完第六十瓶時，就從桌上滾下，從此再沒醒來過。

某個月光明亮的夜晚，我和詩人托克從俱樂部走回家，那晚，他的神情和平常大不相同，顯得消沉，沒多久我們走到一戶人家的窗口，從窗子映出來的影子是一對夫婦與兩個小孩的河童家庭，他們正在共進晚餐，而嘻笑聲不時傳出。

突然間，托克嘆了一口氣，他說：「我雖自以為是戀愛超人，但有時看到這種一家團聚的樣子，還是會忍不住羨慕。」

「你不覺得這跟你一貫的想法，有很大的矛盾？」我很好奇。

托克安靜的站在月光下，扠著兩臂凝視著窗內的一家人，用從未有過的柔和語氣說：「再怎麼說，那桌上擺著的炒蛋，總是比戀愛衛生。」

／／／

談起河童的戀愛，和我們人類是截然不同的模式，其主動權完全操控在母河童手中。

我曾親眼看見瘋了一樣的母河童，死命追趕心儀的公河童，不只是她自己，就連她的父母兄弟姊妹，整個家族都加入追逐的行列。公河童一路被追趕的下場簡直慘不忍睹，就算運氣好沒被抓到，也得大病一場，躺在床上好幾個月無法動彈。

正好就有一次，學生拉普狼狽的滾進我家，喘吁吁的才說了一句：「完了，我終於被抱住了。」之後便昏了過去。

我馬上就明白發生什麼事，急忙將大門關上，從鑰匙孔看去，一隻臉上塗著一層厚厚硫酸粉的矮胖母河童，急躁地在門外徘徊。

那天之後，拉普在我的床上一躺就躺了好幾個禮拜，他的嘴巴不曉得為什麼，竟然腐蝕脫落了。

其實不只是拉普，我所認識的公河童都曾有被母河童追趕的經驗，就算是已經有妻子的漁夫柏格也一樣，他還曾經被其他母河童抓住兩、三次。

但是，卻有一個叫作麥戈的哲學家沒有被母河童追逐的經驗。

我想是因為像他那樣醜的河童實在不多，更何況他幾乎不出門，總是自己一個人窩在陰暗的房間裡，對著一盞七彩吊燈以及一張桌子，讀著厚厚的書。

我曾經跟麥戈討論河童的戀愛形式，認為他不會有那樣被追逐的遭遇，其實是件很幸運的事情。他聽我這麼說，若有所思的站了起來，對著我嘆了一口氣：

「或許你會覺得不可置信，但是，其實……有時候我會渴望讓那些可怕的母河童追上一次。」

／／／

所有河童朋友裡，我對於蓋爾特別有好感，他是一家玻璃公司的董事長，資本家中的資本家，他有一個很大的肚子，恐怕是整個河童國度裡首屈一指的吧。

此時，我和法官匹普，以及恰克醫生受邀到他家中吃晚餐，看著他坐在搖椅上，身旁還坐著個子小小的太太以及兒子，非常幸福的一家人。

我們聊到前一陣子拿了蓋爾的介紹信到各種工廠參觀的事，其中最讓我感到有趣的，莫過於製造書籍的工廠了。我從未想過，在這個國家製造書本竟然是那麼容易的事情，工程師只要將紙、墨水、以及灰色粉末倒入漏斗形的機器中，然後再添加一些副原料，短短不到五分鐘，不同尺寸的書就這麼出來了。

我看著像瀑布一樣沖刷下來的書本，忍不住問了一旁的河童工程師：

「那灰色的粉末是什麼東西呀？」

「那個呀！就是驢子的腦髓，曬乾之後磨成粉便行了。」

這種奇蹟般的工業，不只在書本的製造上，就連繪畫、音樂，也都如出一轍，聽蓋爾說，在河童國度裡，一個月平均有七、八百種的製造機器發明出來，任何東西只要一個工程師就可完成，並不需依賴大量工人，因此每個月被解僱的工人河童不下四、五萬隻。

這就奇怪了，每天早上我打開報紙時，從來沒見過「罷工」這樣的新聞，於是，我忍不住問蓋爾究竟是怎麼一回事。

「喔！那些都被吃掉了。」蓋爾一派輕鬆的說。

一時之間，我還是不明白什麼叫作「被吃掉了」。

醫生恰克在一旁看我如此困惑，於是插進我們之間的對話，替蓋爾補充說明：「就是把那些工人全部殺死，然後拿來當這個國家的食物。你看看……這報上寫著本月肉價，的確比上個月便宜一些了，原因在於，本月共有六萬四千七百六十九隻工人河童被解僱。」

「他們難道沒有反抗？」我非常吃驚。

「反抗也沒用，因為這國家有工人屠殺法規。」法官匹普終於開口了。

「也就是說，這個國家統籌辦理這些失業工人們餓死或自殺相關事宜，以減輕河童社會的負擔……其實他們不會感到痛苦的，只是去嗅嗅有毒瓦斯就行了，簡單又乾淨。」

「可是，吃他們的肉不是太可怕了。」我感到胃裡一陣翻滾。

「你這話若是讓麥戈聽到，一定會狂笑不止，在你們人類國度裡，第四階級的女孩不也是被送去做妓女？你們不覺得有什麼不妥，卻對於吃工人的肉這樣合理的事感到憤怒？」

蓋爾一邊聽著我們這樣一來一往的對話，一邊招呼我們用餐，他拿起一份三明治說：「一人一片吧！快吃快吃，這可是今天剛宰殺的工人肉呢，很新鮮的。」

我看著盤上的三明治，驚駭的跳了起來，已顧不得法官匹普和恰克醫生的笑聲，頭也不回地死命衝出蓋爾的家，一路上我什麼都看不見，那是個陰森森的夜晚，最後我衝進自己家裡，跑進廚房，不停嘔吐出白色的液體。

///

當我漸漸忘記那件可怕的事情之後，我慢慢的可以走出房子，與其他河童繼續往來。在一個寒冷的下午，我前去拜訪哲學家麥戈，才轉了一條巷子，就在街角的牆邊見到一個骨瘦如柴的河童，茫然的站在路旁。

我突然想起那張臉，不就是前一陣子偷走我鋼筆的小偷河童。而不遠處恰好有個河童警察走了過來，這下可好，我大喊著抓賊，並且一把將那小偷用力抓住。

警察拿起木棍，嚴厲的詢問這隻河童，我原以為這小偷會感到恐懼，卻沒想到他面無表情的看著我和警察，像什麼事也沒發生過一樣的鎮靜。

「你叫什麼名字？」警察問。

「格魯克。」小偷回答。

「從事什麼職業？」警察問。

「兩、三天前還是郵差，但現在不是了。」小偷回答。

「好，那麼這位先生指控你，說你曾偷了他的鋼筆，你承不承認？」警察問。

「是的，在一個月之前。」小偷回答。

「為什麼要偷這位先生的筆？」警察問。

「要給我的小孩當玩具。」小偷回答。

「現在那個孩子呢？」警察的眼神顯得有些銳利。

「一星期前死了。」小偷回答。

「有沒有死亡證明？」警察積極追問。

小偷河童從肚子的口袋中拿出一張紙，警察取了過來仔細看了一下，突然笑了起來，像熟人一樣拍拍小偷的肩膀：

「沒事了，你現在可以走了，真是太麻煩你了。」

我看著這一幕，驚訝得說不出話來，我看著小偷從我眼前大搖大擺的離開，於是抓住警察問怎麼一回事：

「為什麼不把他抓起來？」

「他是無罪的。」警察笑著對我說。

「他不是已經承認偷了我的筆？」我無法理解這是怎麼一回事。

「當初那鋼筆是拿來當作孩子的玩具，但現在孩子已經去世，就沒關係了。如果你還有什麼疑問，請查刑法第一千二百八十五條。」

現在連警察也從我面前消失了。

我滿腦子疑惑，傻傻的繼續往麥戈家走去，沒想到，才一進門就看到法官匹普也在，正好，我想到可以直接問他這件事。

「匹普先生，我想請問一件事，這國家難道從來不處罰有罪的河童嗎？」

「誰說的，有罪當然要罰，我們連死刑都有呢！」他對我的問題似乎很不滿，像是被冒犯了一般。

「但是，我剛剛……」我將所有事情一五一十的說給法官匹普聽，並且請教他關於刑法第一千二百八十五條的詳細內容。

「喔，原來是這樣的。」法官匹普整整喉嚨說：「在我們河童國度裡，無論任何的犯罪行為，若是犯行的原因已經消滅，便不得處罰該犯罪的行為人。」

「這根本不合理嘛！」我感到十分不平。

「你怎麼可以這麼說呢？把『曾經為人父』的河童和『現在為人父』的

河童相提並論，才是毫無道理的事。想必您國家的法律並沒有像我們一樣，有如此明確的區分吧，在我們看來，不清楚的法律規範，是很嚴重的瑕疵。而且，還非常好笑。」

法官匹普說完，不以為然的竊笑起來。

「那麼，你們國家有死刑嗎？」一直沒出聲的恰克推推眼鏡，好奇地問我。

「當然有了，我們國家採用的是絞刑。」回答了恰克的問題，我趁機對剛才態度譏諷的法官匹普問了一句，用一種挑釁的語氣：「想必河童國度的死刑要比我們人類更為先進文明吧！」

「那是當然的了。」他不改驕傲態度：「我們國家不使用絞刑，而是用電，但使用的次數並不多，通常只要把罪名告訴罪犯就行了。」

「難道這樣罪犯就會死亡？」我有點摸不著頭緒。

「當然會死，我們河童的神經系統和人類比起來，不知要敏銳微妙幾百倍。」匹普嚴肅的說：「這方法不只用來執行死刑，甚至可以用來謀殺一隻河童。」

聽到我們對談這個話題，董事長蓋爾動了動身體，用平穩的語氣說：「前幾天，一個社會主義者罵我是『強盜資本主義』，那時差點讓我心臟病發作。」

「這種事總是層出不窮，我曾認識一個律師，就是這樣當場死亡的。」哲學家麥戈低著頭，喃喃的說著：「他被罵『青蛙』。你或許不知道，在這個國家被罵作青蛙，就等於說他不是『人』。他回家之後，每天心裡就一直想著，我是青蛙嗎？我是青蛙嗎？是嗎？最後，就死了。」

「那隻當初罵他的河童，就是用這種方法令他死亡的，但在你們人類眼中看來，卻算是一種自殺。」

正當麥戈的話告一段落時，隔壁房子，也就是詩人托克家裡傳來一聲槍響，令人不寒而慄。

很快地，我們一夥人趕到托克家中，只見他手上握著槍，整個人倒臥在高山植物的盆栽當中，鮮血從頭頂的圓盤中湧出，而他的女友正撲倒在他身上，心慌意亂地放聲大哭。

我扶起傷心的母河童，不敢置信的問：「發生什麼事了？」

「我也不知道，只看他正在寫東西，突然間就往頭上開了一槍，哇！他走了我該怎麼辦？」她哭得快要昏過去。

「托克真是任性。」董事長蓋爾悲傷的望著托克，搖搖頭。

法官匹普什麼話也沒說，只是沉默的不停抽菸，而恰克醫生則跪在一旁勘驗托克的傷勢，他看了一會兒，便沉重的對我們宣告：

「沒有救了，托克死了。他一向有胃病，又很容易憂鬱，唉……」

不停哭著的母河童引起了我的悲傷，我同情的攙扶起她到房間裡休息，看到屋內還有一隻小河童在嬉鬧，全然不知家裡發生的事情，我的眼睛，竟然濕了，這是我在河童國度裡，遇見最難過的一件事。

「跟這樣一隻任性的河童在一起，真是可憐。」深愛家庭的蓋爾說著。

「托克總是不考慮後果，現在又做出這種事。」法官匹普又點了根菸，附和蓋爾的話。

此時，外頭已經聚集了相當多前來看熱鬧的河童。

「別看了，有什麼好看的。」法官匹普趕走那群河童，將托克家的門關上。

突然，整間房子都靜了下來。

在寂靜之間，漸漸嗅聞到高山植物所散發的花朵香氣，揉合著托克的血腥味道，我們思考著該如何處理這件不幸的事。

／／／

整件事過了一星期後，偶然間我從恰克醫生那裡聽到奇怪的傳言，聽說托克家鬧鬼了。

托克死後，家裡有了許多轉變，首先是他的女友不知去向，而他的房子轉手成為攝影師的工作室。恰克醫生說，有許多人在這個攝影工作室裡拍照，背後都會出現托克的鬼魂，聽說，這些傳言都已成為雜誌書刊的內容。

基於對詩人托克的情誼，我立刻跑到書店將所有和托克幽靈有關的書買回來，從那些舉證的照片中，我的確看到一隻酷似托克的河童，出現在不同照片中。更令我吃驚的，是一篇關於托克的幽靈記事。

一篇來自於心靈學協會，親自前往托克家中親訪的紀錄。

我們十七名會員協同我們最信賴的霍普夫人，在該工作室集合。霍普夫人剛跨入屋內，立即可以感受到心靈的空氣開始浮動，霍普夫人出現痙攣、嘔吐的現象，據夫人現場說明，原因在於詩人托克生前吸菸過量，以至於其心靈空氣充滿濃厚的尼古丁。

我們與霍普夫人圍繞圓桌靜坐，開始進行與托克先生的心靈問答（以下霍普夫人簡稱「霍」，詩人托克簡稱「托」。）

霍：為何閣下要以幽靈狀態出現？

托：因為想知道本人死後聲譽。

霍：閣下是否曾為自殺感到懊悔？

托：為何要後悔？若我厭倦此時的幽靈生活，再用一次手槍自活便可。

霍：自活容易嗎？

托：與自殺難易度相同。對了，請告訴我，本人死後聲譽如何？

霍：某知名評論家說您是「小詩人之一」。

托：他會這麼說是因為我沒送他詩集，才會懷恨在心。再請問一事，我的全集是否已出版？

霍：閣下全集雖已出版，但嚴重滯銷。

托：嗯，我並不擔心，再三百年後，也就是當本人著作權消失後，這部全集，將成為萬人爭睹之書。那麼，請問我同居女友現況如何？

霍：已成為書店老闆拉可的夫人。

托：不知道她是否已發現拉可的眼睛是假的。那……我的孩子如今何在？

霍：聽說在孤兒院中。

托：（嘆了一口氣），我的房子呢？

霍：成為攝影工作室。

托：我的書桌呢？

霍：下落不明。

托：我的抽屜中有一卷祕密書簡……唉！算了，這不該麻煩你們的。謝謝各位前來，現在我們的心靈世界已近黃昏，我也得與各位告別，再見了，感謝你們。

霍普夫人說完最後一句話便清醒過來，本心靈學協會共十七名會員，向上帝發誓，確認今日所見所聞皆屬實情，絕無作假。另外，本會同時將支付我們所信賴的霍普夫人此趟行程之酬勞，感謝霍普夫人只酌收微薄費用，僅以當年從事女演員的日薪額度收領。

閱讀完這一則報導之後，我突然為這個國家所發生的種種事件感到憂鬱，於是開始渴望想要回到原來的人類國度，只是無論如何尋找，都無法找到當初掉下來的那個洞穴，於是我跑去找漁夫柏格，問他記不記得當初和我一起掉下來的地方，但他也忘了。

不過，漁夫柏格告訴我，在大街的另一頭住著一位老河童，或許可以從他口中得知離開這個國家的路徑。一聽到他這麼說，我馬上就衝了出去，我跑到對街，找到了那間房子，但是，卻只看見一個十二、三歲的小河童正自在地吹著笛子。我以為自己走錯了地方，於是告訴小河童我要找的那位老河童的名字，沒想到，竟然就是他。

「你不是很老了嗎？怎麼會像小孩一樣。」我很訝異。

「我也不知上天怎麼會如此安排，當我出生時是滿頭白髮，但卻漸漸變得年輕，直到現在，我已經一百多歲，卻變成了一個孩子。」

我看著四周的環境，與這位歲數很大的河童走入屋內，感覺到從未有過的清爽與寧靜，「想必您一定是這國度裡最幸福的河童了吧！」我說。

「或許真是如此，因為當我年輕時是個老頭子模樣，卻沒有老人的貪婪，等我老的時候卻像個孩子，又沒有年輕人沉迷酒色的渴望，無論如何，就算我此生算不上幸福，卻肯定是安詳的。再加上我身體健康，且有一筆可觀的財產，所以，一生下來是個老頭子，真的是件好事。」他微笑地說。

聊了一會兒，我突然想起自己前來的原因：「對了，您是否可以告訴我離開這個國家的出路在哪兒？我找了很久，怎麼也找不到。」

老河童笑了笑，之後慢慢走到房間一角，拉扯一下從天花板垂下的繩子，於是，一扇天窗被開啟了，我看到了滿天的綠色枝椏。

「從這裡就可以出去了。」老河童對我說：「希望你以後不會後悔。」

「我想，應該不會的。」回答了老河童之後，我爬上屋頂，用力地從窗口跳了出去。

／／／

我又回到人類的世界了。

的確有很長的一段時間，我無法適應這個原本屬於我的國度。因為人類的皮膚氣味實在太難聞了，相較之下，河童乾淨得多。不過讓我比較困窘的是，我常常不小心就會冒出一、兩句河童的語言。

比方說有人問我：「你明天會在家嗎？」

「Quax!」我說。

「你說什麼？」對方很困惑。

「我說我會在家。」我趕緊回答。

我回來之後的情況，一切都出乎我的意料，特別是我事業上的失敗……

那時候，我忽然好想再回到河童國，我覺得那裡才是我的家鄉。

於是某日，我偷偷離開，留給家裡一封信，告訴他們我想重新尋找河童國的入口，但是，卻在半路上被警察捉了起來。

最後，我被送進醫院。

我真的好想念河童國的朋友們，恰克醫生不知現在在做什麼？哲學家麥戈是否仍在燈下沉思？嘴巴爛掉的拉普，是不是比較開心了？

沒想到，就在某個陰天的下午，那個叫作柏格的漁夫，竟然就這樣出現在醫院裡，我開心地大喊起來，又哭又笑：「我親愛的朋友，你怎麼會來這裡？」我緊抱著他。

「我聽說你病了。」漁夫柏格說。

「你怎麼會知道？」我很訝異。

「從收音機新聞播報裡聽到的呀！」他回答。

「你從這麼遠的地方來，真是不容易。」我很感動。

「還好啦，人類的自來水管線是四通八達的，別忘了，我可是個漁夫，對水域這回事特別專業。」他得意的笑著。

從那天開始，每隔幾天，就會有不同的河童朋友來看我，除了恰克醫生，學生拉普、董事長蓋爾，連哲學家麥戈都來了。

他們都是在有月亮的夜晚，結伴前來，我們像以前那樣，聊個通宵也不嫌累，其中，還有一位音樂家朋友，克拉克，他送了我一份禮物，那是最新出版的托克全集中的一冊，你們看看，那本書現在就放在你們身旁的桌子上。

如果不介意，讓我為你們讀一段吧……

／／／

二十三號病人的故事說到尾聲，他正指著桌上訴說他的河童朋友送給他的一本書。我回頭看，並沒有他所說的東西，然而他卻走了過來，拿起桌上的電話簿，開始唸了起來：

在椰子花和竹子中
佛陀早已沉睡

與路旁的枯萎無花果一起……

他認真唸完一首不知從何而來的詩，又走回窗邊。

「這些河童朋友來看我的時候，就是我最開心的時刻了。啊……」他突然叫了一聲，說：「我剛剛一直沒提到法官匹普對不對，他後來丟了工作，便一蹶不振，最後終於瘋了。朋友們告訴我，他現在就在河童國的精神病院裡。」

然後二十三號病人突然沉默了下來，用充滿感情與請求的眼神看著我與精神病院院長S博士。

「我，我有個不情之請，想與你們商量一下，我打算……如果你們不反對的話，我真的很想要回到河童國去探望我的好朋友，法官匹普。」

說著說著，二十三號病人流下了眼淚。

曼娟私語

「啊！實在是太鬱悶了啊，我想把世界顛倒過來看看，沒想到，結果竟然是一樣的。」

這是在芥川龍之介〈河童〉原著裡的一段經典名句。一個對生活感到無聊的人類，在爬山的過程中，因為追逐一隻河童，落入了河童國。在那裡，他受到了很好的待遇，結識了許多友善的朋友。這樣的故事，讓我們想到中國古代經典〈桃花源記〉和英國的奇幻諷刺小說《格列佛遊記》。

然而〈河童〉一文中，確實有許多新鮮的創意。像是關於生

育這樣的事，並不由父母來決定，而需要徵求胎兒的意願，如果他們不願意生下來，便可以直接消失。例如戀愛的進行，是由女河童採取主動，瘋了一樣的女河童，在臉上塗滿硫酸粉，拚命追逐心儀的男河童。連她的父母親人也會一起追逐，被追到並且擁抱的男河童將臥病在床，甚至連嘴巴都腐蝕爛掉了。

河童們犯罪後，若是犯罪的原因已不復存，那麼，罪狀也就自然消失了。為了這些看起來不合理的事，人類與河童有了許多歧見與爭論，他們嘲笑彼此，感到不以為然。

最令人震驚的是，那些被解僱的工人河童，在「工人屠殺法規」的執行下，將陸續「被死亡」，他們的肉則販賣成為其他河童的食物。人類感到噁心，不可思議，大聲指責的同時，河童反

問他，在人類社會中，那些最低層的女孩不也被送去當妓女？這是一個河童吃河童的社會，宛如人吃人的社會，是不會覺得罪疚的。

河童國自詡為超人的作家河童任性的自殺了，他死後的幽魂仍徘徊不去，想知道自己死後的聲譽如何？書的銷量如何？而在〈河童〉創作完成不久，芥川龍之介也自殺死去了。這像是一個預言，也暗示了我們作家死後在乎的事。

作家河童的幽魂表示，只要是死膩了，再開一槍，就能「自活」。人類是否可以自活？我不知道，但，芥川龍之介憑藉著他的創作，確實「自活」了，並且永垂不朽。

想一想 得到更多

A

如果你是故事中的主角，有了這樣的奇遇，你會想要重返人類世界？還是留在河童的國度？原因為何？

B

你覺得出生在這個世界上的決定權應該屬於誰？是父母還是我們？

多謝小白

Akutagawa Ryunosuke

1

小白還記得，那是一個陽光很好的春日午后，他走在安靜的馬路上，跟著風的腳步前行。兩邊的櫻花都開了，那些掉落的粉紅色花瓣特別好踩，像是一整片地毯鋪在柏油馬路上。春天真是好季節啊，小白心情也好極了，不由得奔跑了起來。

「咦？」

小白轉進了一條巷子，卻被眼前的景象嚇了一跳，不自主地停下了腳步。

那是隔壁鄰居家的小黑正在吃著一塊地上的麵包，而後面……後面站著的是一個穿黑衣服的人，背後拿著一支長長的網子，準備要捉小黑。

小白想要大聲警告小黑，告訴他：「危險！」

但是，但是……小白每次想起這一幕，還是忍不住發抖啊。

但是那個黑衣人發現了小白，用眼睛惡狠狠地盯著小白看，還把背後的網子亮了出來，好像在警告小白：你要是敢出聲，看我先宰了你！

小白嚇壞了，他根本忘了要叫，忘了要警告小黑，他只能用著細碎的步伐向後退，慢慢地，一步一步向後退，等到黑衣人離開了自己的視線，小白立刻狂奔離開。

於此同時，小白聽見了小黑的慘叫聲。

「汪汪，汪汪，誰來救我啊？汪汪，汪汪……」

一定是黑衣人把小黑網住了啊。小白想。那一定很痛啊。

但他根本不敢停下腳步，只能沒命似地往前跑，跑過草皮，跑過小石子，再跑過一個小山坡；他撞翻了一個垃圾桶，還差點被路上的車子撞到。小白頭也不回地奔跑，這個舒服的春天午后，突然變得血淋淋起來。

小白記得，那天不管跑得多遠，都可以聽見小黑的呼救。

「汪汪，汪汪，誰來救我啊？汪汪，汪汪……」

2

小白上氣不接下氣地跑回了主人家，他從圍牆邊的小狗門鑽進了家裡的小庭園；他像一陣風似的，只想趕緊跑回自己的窩，只有那裡最安全，不用再怕那個黑衣人了！

才要進自己的小狗窩，小白就看見兩位小主人在庭院裡玩著球，他跑到小主人姊弟的面前，不斷地搖著尾巴；他開心極了，因為他知道，如果被那黑衣人捉走，就再也看不到主人了啊。

小白抬起頭看著他們，拚命搖著尾巴。

「姊姊、哥哥，我今天差點被壞人捉走啊，見到你們真開心啊！」

小主人們聽不懂小白的話，他們只聽見小狗興奮地汪汪叫。

只是，今天這對姊弟看小白的眼神十分驚慌，他們甚至沒有蹲下來摸摸小白的頭。

小白覺得好奇怪喔，他繼續跟主人們說話：

「姊姊，妳都不知道，那個黑衣人好恐怖喔……哥哥，我很勇敢地跑回來了耶……只是，只是隔壁的小黑就被捉走了……」

姊弟們滿臉疑惑地看著彼此，像是看見了一道巨大的謎題。

「這是怎麼回事啊？弟弟？」

「嗯？這是誰家的狗跑來我們家撒野？」

啊？小白嚇壞了。他聽得懂主人們的對話，但是，這一刻，他卻覺得自己根本聽不懂他們在說什麼。誰家的狗？為什麼這樣說？

「是我啊，小白啊，姊姊、哥哥，你們在說什麼啊？好啦，那我們來玩啊，玩球好了，你們丟，我去撿！」

但是，小主人們的眼神開始流露出嫌惡。

「弟弟，你說會不會是隔壁小黑的兄弟？」

「有可能喔，」小主人弟弟一邊說話，一邊玩著球。「因為他也是全身黑漆漆的。」

小白感覺到自己全身的寒毛都豎立了。

全身黑漆漆？這怎麼可能，小白向來最自豪自己一身的乳白色毛髮，從頭到尾，都是一種牛奶般的醇厚白色啊。但是現在……

小白低下頭來，看見自己的前腳……不，不只是前腳，他還回頭看看自己的全身，胸部、背部、尾巴，全部都是……黑漆漆！

小白覺得自己的腦子裡也一片漆黑了，他又叫又跳，希望有誰能告訴他到底發生了什麼事。

「啊，怎麼辦，弟弟，這一定是一隻瘋狗啊！」

小主人姊姊嚇得不敢亂動，快哭出來了。小主人弟弟去拿了一根球棒，朝著小白的肩頭狠狠地打了下去。小白愣了一下，不敢相信最愛他的小主人竟然會打他。但是，第二棒又來了，朝著他的頭筆直打了下來。

小白趕緊向後跑，他跑向那棵大樹旁，漆成乳白色的小狗屋。

「姊姊，哥哥，是我，我就是小白啊。」他站在自己的狗屋前，聲音不停地抖。「就算變成黑狗，我還是小白啊……你們最愛的小白啊……」

「這狗還真凶啊，」小主人姊姊生氣說道：「還想跑進小白的家，弟弟，快點，別讓他把小白的家弄髒了！」

小主人弟弟拿起了地上的石頭，惡狠狠地朝小白丟去。

「還不快滾！」

石子不斷丟過來，有一顆還打中了小白的耳朵，流出了血。

小白能怎麼做呢？他知道，再說什麼都沒有用了，只好縮著尾巴，從狗門裡鑽了出來。

小白記得，那是一個陽光很好的春日午后，風把櫻花吹落在地上，像一整片粉紅色地毯鋪在柏油馬路上。

他站在電線桿旁，不知道自己該往哪裡去。

3

被趕出家門的小白只能垂頭喪氣地在東京街上晃盪，他成了一隻沒有家的狗；全身變成黑色以後，他的過去就遺失了，他的未來也不見了。他在街上走著，再也提不起興致跟風嬉戲，因為他被自己全身漆黑這件事給嚇壞了。他害怕服裝店、理容院面對街道的鏡子；也怕下過雨之後地上的水窪；那些能照出他面容的東西，都讓他無地自容。

引以為傲的乳白色毛髮去哪裡了？這一身黑又是怎麼回事？

馬路上駛過一輛又一輛車子，每輛車子上都能反射出小白的漆黑身影，他痛苦極了，但是，又能躲到哪裡去呢？

他看見一座小公園，就垂著尾巴，無奈地哼了一聲，跑進去了。

公園裡，春天的腳步還在，蝴蝶跟蜜蜂四處飛舞著，樹上也開滿各色花朵，長著嫩綠的枝椏，小白看著這幅繽紛而忙碌的景象，心底暫時遺忘了這些不愉快的事，稍稍獲得片刻的寧靜。

但是，這樣的幸福卻無法持續太久。

「汪汪，汪汪，誰來救我啊？汪汪，汪汪，救命啊！……」

小白頓時全身發抖起來，他又聽見了小黑的呼救嗎？可是那聲音更尖銳，更淒厲啊！小白想到了小黑被捉的景象，下意識閉起了眼睛；他想往後退，他想逃……

「汪汪，汪汪，誰來救我啊？汪汪，汪汪，救命啊！……」

小白突然睜開眼睛，訝異地看了過去！他聽見這叫聲變成了小黑的嘲諷：「汪汪，汪汪，別做膽小鬼！汪汪，汪汪，小白別做膽小鬼！」

小白決定朝聲音來處飛奔而去。

他看見，一群剛放學的小學生用力扯著一條繩子，而繩子的那頭是一隻棕色的幼犬，他拚命掙扎，卻敵不過這群小學生的力氣，只能痛苦地發出哀嗚。

小學生們覺得這隻幼犬還真有趣，他們一擁而上，有的捉小狗的腳，有的踢他的肚子，還有的更用力扯著繩子，像是要把這隻小狗四分五裂。小狗的眼睛因為害怕而緊閉，靠近鼻頭的地方還有兩道淚痕。

小白毫不猶豫地衝上前去，他張開大嘴，拚命吠叫，那雪白的犬齒像是一排發亮的劍，那發怒的目光更像熊熊燃燒的篝火；小白俯下身低吼，然後再奮力奔去，那凶猛的模樣，像是要惡狠狠地咬著敵人，置於死地。

穿制服的小學生們沒有料到會衝出這樣一隻凶狠的惡犬，他們嚇破了膽，邊哭邊叫地往四方散去，有人被花壇絆倒了趕緊爬起來，還有人掉了鞋子，哭著叫媽媽。小白奮勇殺敵，追了這群孩子好一會兒，確定他們離開了公園，才回到幼犬的身邊。

「有沒有受傷？」小白的樣子看起來威嚴極了：「你住哪裡？來，我送你回家。」

小白往樹叢裡鑽去，棕色幼犬也破涕為笑地跟上小白的腳步，而那條繩子還長長地拖在幼犬的身後。

不一會兒，小白和棕色幼犬站在街角的老咖啡館前，咖啡館裡亮著幾盞昏黃的燈，留聲機裡的曲調從窗邊傾洩而出，空氣裡還有著咖啡和咖哩的香氣。

「叔叔，謝謝你，這就是我家了。」棕色幼犬開心地搖著尾巴：「請問叔叔住在哪裡？」

「我？我住在遙遠的地方……」小白嘆了一口氣：「你到家了，我就離開吧。」

「請等等啊，叔叔。」棕色幼犬說：「請叔叔留下來吃頓飯吧，我跟媽媽說叔叔的救命之恩，媽媽一定會希望當面跟你道謝的。我們家有很多好吃的東西，咖哩啊，牛排啊，還有牛奶喝，叔叔吃了飯再走吧，好不好？」

「可是，」小白望了望天空：「我還有事，先離開了，謝謝你喔，我們下次再見，請幫我跟你媽媽問聲好就行了。」

小白往前走去，一勾新月出現在天邊，夜晚就要來臨了，他得去找個棲身之處才行。

「等等，等等啊，叔叔。」幼犬稚嫩的聲音一路跟著小白走：「叔叔，請至少讓我知道你的名字啊。」

小白停下了腳步。

「我叫拿破崙，叔叔呢？叔叔該怎麼稱呼？」

「我叫小白。」寂寞地嘆了一口氣。

「小白叔叔嗎？」幼犬側了側頭：「還真特別，叔叔的模樣黑得發亮啊，卻叫作小白。」

小白又開始難過了起來。

「但也沒什麼不可以啊，對吧？」幼犬說：「那我就叫你白叔叔吧，白叔叔，記得一定要再來看看我喔。還有，謝謝你今天的救命之恩啊！」

「不用客氣了，拿破崙，你自己多保重，」小白說：「我們後會有期了。」

「白叔叔，你也要保重喔，謝謝你，謝謝你！」

4

那天以後，社會上突然出現一隻勇敢的黑狗，身形健壯、動作敏捷，為了拯救陷於危險的人們和動物，常常不顧自己的安危，而且每次救了人以後，都會消失不見，行蹤成謎，引起了社會大眾不斷的討論。有人懷疑這些報導的真實性，但目擊者都指證歷歷，說他們真的看到那隻英勇的黑狗。

《東京每日新聞》報導，昨天十八日（五月）上午八時四十分，奧羽線特快車經過田端站附近平交道時，由於值班人員一時大意，讓一名四歲小朋友鑽進鐵道，眼看小朋友就要被特快車碾過時，一隻毛色黑亮的狗衝進了鐵道，從即將駛過的車輪下，千鈞一髮地救出這名四歲的小朋友，目擊者無不譁然。只是事後不見這隻黑狗的蹤影，小朋友的家長在附近想尋找黑狗的主人，希望可以當面致謝。

《東京朝日新聞》報導，美國富豪愛德華伉儷到輕井澤度假，他們的愛貓竟然在別墅區內被一條七尺長的巨蛇纏繞，眼看巨蛇就要把貓的頭吞掉之時，竟然出現一隻黑狗咬住巨蛇，愛德華先生的愛貓趁此脫逃。黑狗與巨蛇纏鬥了二十分鐘，黑狗竟然把巨蛇咬死了。隨後，黑狗就不知去向。當地居民指出，輕井澤並沒有人養這樣的黑狗，不知黑狗究竟是從哪裡來的。愛德華夫人懸賞伍千元美金，希望能知道黑狗的去向。

《國民新聞》報導，失聯的第一高等學校三名登山學生終於找到了！他們七日（八月）竟然自行脫困，到達上高地的溫泉。根據學生的說法，他們是在大風雪前就在穗高山與槍岳之間迷路，加上連日的大風雪把所有的路都覆蓋了，他們在風雪中拚命找路，卻把帳篷跟隨身攜帶的食物給搞丟，就在有人開始失溫的時候，風雪中竟然走出一隻黑狗，帶領著他們沿著溪谷走。黑狗走得不快，還會回頭看學生有沒有跟上，一行人步行一天，終於到達上高地的溫泉旅館。學生欣喜若狂，但黑狗對他們叫了一聲，就又消失在風雪中了。學生們說，這是一生中最傳奇的奇遇，也認為這隻黑狗是上天派來拯救他們的。

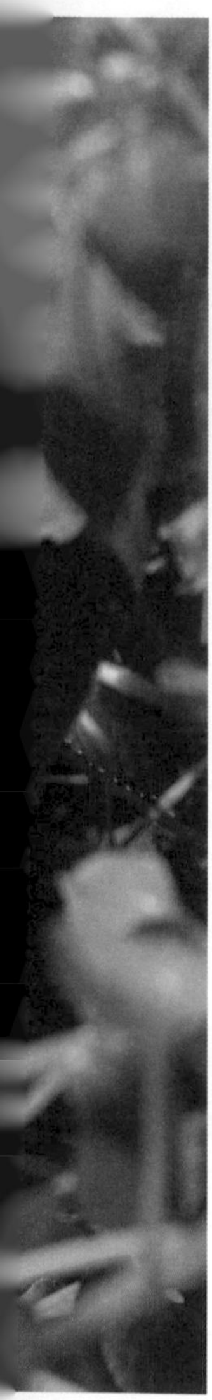

《時事新聞》報導，九月十三日在名古屋的大火燒死十餘人，讓許多市民痛失親友及自己的房子，連市長都差點失去愛子。橫關市長三歲的愛子當時正在二樓午睡，火勢延燒到市長官邸時，家人根本沒辦法進火場去救孩子。突然之間，有隻黑狗衝進熊熊火勢當中，把三歲的孩子銜了出來，圍觀民眾無不鼓掌叫好，市長深受感動之餘，下令名古屋市區內禁止撲殺野狗。

《讀賣新聞》報導，正在宮城縣展出的巡迴動物園，二十五日（十月）竟然發生西伯利亞大狼衝出柵欄，咬傷兩名工作人員後逃逸的事件。小田原警察署緊急動員，展開掃街的行動，希望能將該隻狼繩之以法。下午四時半，西伯利亞大狼出現在街頭上，並且與一隻黑狗展開廝殺，只見一狼一狗咬成一團，難分難解，引起圍觀民眾的關心。最後，黑狗終於將狼咬倒，一旁警

戒的警察趁機開槍擊斃那隻闖出柵欄的狼。全案還在警察署的處理中，警方正在釐清是否有相關工作人員作業疏忽，才造成此次的事件。

5

那是一個秋天的深夜，小白決定不再流浪了，他踏著蹣跚的步伐，鑽進圍牆邊的小狗門，進到主人家的小庭園裡。主人一家大小應該都睡了吧？屋裡的燈都熄了，只有皎潔的月光灑在牆上，隱隱約約閃著光亮。

小白筋疲力盡地走進自己乳白色的狗屋裡，他趴了下來，看著樹上掛著的那輪滿月，對月亮說起了話。

「月娘啊月娘啊，我知道錯了，就是因為我對小黑見死不救，才會全身變成黑色……連主人們都認不出我來了，真是罪有應得啊。」小白嘆了一口氣。「我只要低頭看到自己一身的黑，就覺得羞恥極了，所以我什麼都不怕了，我不怕火，不怕狼，他們最好可以把我燒了、吃了，還讓我快活些。但是，我怎麼都死不了啊，這真是太奇怪了。」

小白看著主人的屋子，落下眼淚。

「我決定要自殺了，這樣就不用再背負身上的罪，但是自殺前，請月娘讓我再看主人們一眼啊，我想看看姊姊是不是變漂亮了？哥哥是不是長高了？爸爸呢？媽媽呢？我好久沒有看見他們了呀……我知道，姊姊哥哥看到我，一定又把我當成野狗，說不定又會拿球棒打我，但是，死在他們的球棒下我也心甘情願啊……」小白的聲音都哽咽了。「月娘啊，為了這最後的心願，我走了好遠、好遠的路回到家了，請妳無論如何幫幫我，讓我明天一早就可以看見主人們啊。」

小白就這樣把下巴靠在草坪上睡著了，熟睡之後，他還喃喃地說著夢話。

「月娘……拜託妳了……月娘……」

「快來看啊，弟弟，弟弟！」

「怎麼了？怎麼了？姊姊？」

小主人的聲音把小白驚醒了，小白看見，小主人姊弟就站在他的狗屋前，納悶地盯著他看。小白很開心，他知道昨晚拜託月娘的事真的實現了；但是，他同時感覺到失落，他知道，接下來小主人們會怎麼做……他們已經認不出他來了，他們一定會罵他、打他，趕走他……

「爸爸！媽媽！」小主人弟弟突然跳了起來。

「你們趕快來看啊，是小白！小白回來了！」

小白？他一聽見這個名字，不禁跳了起來。小主人姊姊把他緊緊捉住

了，不讓他離開。

「小白，小白，你終於回來了，我想死你了……」

小白看著小主人姊姊的眼睛，他看見，姊姊黑色的瞳孔清晰地映著自己乳白色的狗屋，旁邊還有幾棵樹，而狗屋前……狗屋前竟然坐著一隻乳白色的狗？那牛奶般的醇厚白色啊，看起來不染任何塵埃。小白傻傻地望著那個乳白色的身影，傻傻的……

「小白，是你在哭嗎？小白？」

小主人姊姊緊緊地抱著小白，小

主人弟弟難掩一臉的喜悅。

「弟弟，你看，小白在哭耶……」

「姊姊，妳的眼睛裡也都是淚水啊……」

小白一直搖著尾巴，他知道，自己再也不會離開這個家了。

曼娟私語

這是一個溫暖有情味的故事，關於一隻白狗「黑化」之後，又被良心「洗白」的過程。因為小白的膽怯，眼見同伴小黑被人擄走，卻沒有加以警示或救援，於是，他瞬間變色，成了無家可歸的黑狗。小主人不但不認識他，還拿棍棒驅趕他，他只能狼狽倉惶的逃走。

逃走的小白，被愧疚感啃噬著，說不出的痛苦。然而，當他再次看見同類被人虐待和傷害，卻激起了怒火，發揮戰力，趕走那群孩子，救助幼犬回家。幼犬想表示感謝，小白卻婉拒了，寧願在街頭繼續流浪。

這種愧疚感，會不會是長期潛伏在芥川心中的呢？母親的精

神病與早逝，為他的心靈烙下陰影，他一直恐懼自己像母親一樣，而他也確實疾病纏身、精神衰弱、失眠、抑鬱，似乎一步步走向那個暗黑的世界。

在現實生活中，他的親近好友宇野浩二精神病發作，住進精神病院中，對他的打擊很大，加上他自己的感情困擾，以及二姊家的祝融之災。姊夫臥軌自殺，他們欠下的債務落到了芥川頭上，這一切無異雪上加霜。

精神上的重擔，以及對一切無能為力的愧疚感，都壓迫著這個敏感病弱的作家。

如果多做些什麼？是否可以改變其他人的命運？

在他的心裡，應該也期待自己能像變黑的狗兒那樣，變回如牛奶般的純真色澤，得到家人再次的擁抱與接納吧。

想一想 得到更多

A

你是否曾經因為膽怯，而失去勇氣，沒有做該做的事，於是感到後悔與自責？你想過可以怎樣消除愧疚感嗎？

B

你所愛的人，如果改變了外貌，你還能認出他來嗎？你覺得自己能從哪些地方去辨認外貌改變的人？

國家圖書館出版品預行編目資料

張曼娟讀芥川龍之介/芥川龍之介原著；張曼娟編譯.導讀. -- 初版. -- 臺北市：麥田出版, 城邦文化事業股份有限公司出版：英屬蓋曼群島商家庭傳媒股份有限公司城邦分公司發行, 2021.06
面；　公分. -- (張曼娟的課外讀物；3)
ISBN 978-626-310-014-5(平裝)
1.芥川龍之介 2.小說 3.文學評論

861.57　　　110007579

張曼娟的課外讀物 3

張曼娟讀芥川龍之介

原著作者　芥川龍之介
編譯導讀　張曼娟
編選協力　楊小瑜
校　　對　李胤霆　高培耘
責任編輯　林秀梅

版　　權　吳玲緯
行　　銷　何維民　吳宇軒　陳欣岑　林欣平
業　　務　李再星　陳紫晴　陳美燕　葉晉源
副總編輯　林秀梅
編輯總監　劉麗真
總 經 理　陳逸瑛
發 行 人　涂玉雲

出　　版　麥田出版
104台北市民生東路二段141號5樓
電話：(886)2-2500-7696　傳真：(886)2-2500-1966、2500-1967
發　　行　英屬蓋曼群島商家庭傳媒股份有限公司城邦分公司
104台北市民生東路二段141號11樓
書虫客服服務專線：(886)2-2500-7718、2500-7719
24小時傳真服務：(886)2-2500-1990、2500-1991
服務時間：週一至週五09:30-12:00・13:30-17:00
郵撥帳號：19863813　戶名：書虫股份有限公司
讀者服務信箱E-mail：service@readingclub.com.tw
麥田部落格：http://ryefield:pixnet.net/blog
麥田出版Facebook：https://www.facebook.com/RyeField.Cite/

香港發行所　城邦（香港）出版集團有限公司
香港灣仔駱克道193號東超商業中心1樓
電話：(852) 2508-6231　傳真：(852) 2578-9337

馬新發行所　城邦（馬新）出版集團【Cite(M)Sdn. Bhd.】
41-3, Jalan Radin Anum, Bandar Baru Sri Petaling,
57000 Kuala Lumpur, Malaysia.
電話：(603) 9056-3833　傳真：(603) 9057-6622
E-mail：cite@cite.com.my

美術設計　謝佳穎
印　　刷　前進彩藝有限公司

初版一刷　2021年7月1日 初版一刷
價／320元
978-626-310-014-5　ISBN 9786263100091 (EPUB)

著作權所有・翻印必究（Printed in Taiwan）
本書如有缺頁、破損、裝訂錯誤，請寄回更換
城邦讀書花園
www.cite.com.tw